Alles, was draußen ist

2. Auflage

Druck: CPI Moravia Books, Pohorelice
ISBN 978-3-99027-027-1

SASKIA HENNIG VON LANGE

Alles, was draußen ist

Eine Novelle

JUNG
UND
JUNG

Ich blieb immer hier drinnen. Nur mittags, da ging ich weiterhin alle Stufen hinunter und vor das Haus, und ging zweimal über die Straße und bog einmal um eine Ecke und aß beim Metzger, im Stehen, eine Kleinigkeit, einen Fleischkäse, eine Frikadelle, manchmal ein Schnitzel, etwas Sauerkraut dazu oder Kartoffelsalat, und nahm auch noch ein belegtes Brötchen mit, eine Flasche Bier für den Abend, und ging wieder zurück und nach oben und kam dabei an der Wohnung der Untendrunterwohnerin vorbei, und manchmal schaute sie heraus, und ich sagte Guten Tag, und sie sagte das dann auch, und manchmal fragte sie auch noch, wie geht's, gut, sagte ich, danke, und selbst? Und dann lächelte und zwinkerte sie, und ihre Löckchen wippten. Und ich ging hinauf, gleich ganz nach oben, ins Zimmer, stellte das Bier auf die Kommode, legte die Brötchentüte dazu und setzte mich hierher, an den Tisch, nahm den Stift und das Papier, oder ich nahm mein Buch. So saß ich dann bis zum Abend, bis ich alles wieder beiseite räumte, noch mal nach unten ging, durch alle Räume lief. Das habe ich getan, bis die Schmerzen anfingen, in meinem Kopf, vor ein paar Monaten, und ich sie zunächst noch aushielt, weiter meine Arbeit tat, unbehelligt von der Welt, die nicht zu mir kam und die ich auch nicht bei mir haben wollte, bis ich immer länger im Bett bleiben musste, und es dann auch dort nicht mehr aushalten konnte, hin und her lief in meinem kleinen Zimmer, nicht mehr hinausging, seit Tagen auch nichts mehr gegessen hatte, bloß im Bett gelegen hatte oder hin und her gelaufen war, und eines Morgens beschloss, dass es so nicht weitergeht, dass ich doch hinausgehen müsste, nicht zum Metzger, zum Arzt, in ein Krankenhaus, und das tat ich dann auch, ich ging die Treppe hinunter und sah nichts von der Untendrunterwohnerin und hörte sie auch nicht. Ich trat vor das Haus, dachte noch, zum ersten Mal seit Langem wieder, an den alten Emeritus, und dann fiel einiges in mir zusammen, und ich gab diesem Fallen nach.

Im Krankenhaus waren sie bedenklich, die Schwestern schlichen herum, und es dauerte lange, bis ein Arzt kam, und als der zu sprechen anhob, hob ich die Hand und sagte: nein, lieber nicht hier, lassen Sie uns doch in Ihr Büro gehen, und er nickte, und eine Schwester half mir auf und half mir in die Jacke, zog mir auch die Hose an, an den Füßen hatte ich weiße Schlappen, aus Frottee, und sie führte mich in sein Zimmer, und es dauerte noch ein wenig, bis er kam, und dann setzte er sich mir gegenüber, legte die Hände vor sich auf den Tisch, hob sie noch einmal an, faltete die Finger ineinander und ließ sie sinken, wir schauten beide auf diese Hände, als er es sagte: Das hier scheint Ihr letzter Winter zu sein. Ich nickte, hatte es schon längst gewusst, hatte nur eine Frage, fragte: Und der Frühling? Er wiegte den Kopf. Vielleicht. Und ich wollte mich schon bedanken, wollte aufstehen und gehen, als er mich plötzlich ansah, die Hände blitzschnell auseinandernahm, mich am Arm packte und ausstieß: Sie werden fürchterliche, unvorstellbare Schmerzen haben. Er schaute noch einmal auf das Papier unter sich. Ich fragte, ob ich nach Hause könne. Er nickte, ich müsste bloß kommen wegen der Schmerzmittel, später, wenn es so weit sei, er könne mir jetzt nicht viel geben, das dürfe er nicht. Ich nickte. Er schrieb ein Rezept. Ich nahm es. Ich ging nach Hause. Ich saß auf meinem Bett. Ich ging durch mein Museum. Ich schaute aus dem Fenster. Erinnerungen kamen, lange nicht mehr Gedachtes. Ich ließ alles herein.

Ich fühlte auch meinen Körper, wie man ihn als Kind gefühlt hatte, wie ich ihn gefühlt hatte, an heißen Sommertagen, wie ich gespürt hatte, dass mein Herz in mir schlug, und wie ich dachte, dass ich es zum Stehenbleiben bringen könnte, durch einen einzigen, einen unachtsamen Gedanken. Ich fühlte auch da, wie mein Herz in mir schlug, und fühle das jetzt noch: Und ich will das nicht verlieren, dieses schlagende Herz in mir, das ich spüren und auch hören kann. Das will ich nicht verlieren und meinen Körper nicht, mit dem ich immer noch herumgehen kann, hier im Museum, mein Körper, der einen Raum einnimmt, der ich selbst bin, und einen Weg absteckt, den ich gehen kann.

Dieser Raum, den mein Körper einnimmt, und der auch nicht kleiner wird, der sagt ja deutlich, dass ich hier bin, dass ich noch hier bin und nicht im Verschwinden begriffen. Und diesen Raum wenigstens, den will ich behalten, das soll sichtbar bleiben: dass es einen Raum gibt in dieser Welt, der von meinem Körper eingenommen wird, den dieser überhaupt erst herstellt. Und so begann ich mit den Abdrücken. Ich ging in die Apotheke, holte meine Medikamente, holte Gips, holte Wachs und nahm mir jeden Tag einen anderen Teil meines Körpers vor. Und je weiter ich kam, desto klarer wurde mir, dass es nichts nutzen würde, dass ich trotzdem sterben würde, ohne dass jemand etwas von mir wüsste. Ich schüttelte den Kopf über mich, es schmerzte: Als wäre das Zurücklassen einer Spur so leicht. Und so habe ich versucht, mich aus einer anderen Perspektive zu betrachten, weniger direkt, ich bin wieder ans Fenster getreten, bin hier herumgegangen. Ich habe versucht, einen kleinen Abstand zu gewinnen, als wäre der Abdruck meiner Hand nicht bloß ein Abdruck, sondern als wäre er die Hand selbst, nahm ich ihn, hielt ihn vor mich hin, oder legte ihn auf den Tisch und ging um ihn herum, ging von ihm weg und auf ihn zu und schaute ihn an. Ich ließ meinen Blick darauf liegen und schaute sie immer länger an, diese Hand, diesen Abdruck meiner Hand, den ich ja selbst gemacht hatte, und ich dachte an die Hände, die ich mit dieser Hand gehalten hatte. Viele waren es nicht. Und ich dachte daran, was ich schon getan hatte mit meiner Hand, und was ich noch tun würde, wozu sie mir noch dienen könnte, und was ich anrichten würde mit ihr, in der Welt. Was ich schon angerichtet hatte. Und wonach ich noch greifen könnte, und was sich mir entziehen würde, was ich nicht würde erreichen können. Und dann schloss ich meine Augen, und ich dachte, dass alles, was unbegreiflich ist, ja dennoch weiter besteht, und dachte, dass das ein tröstlicher Gedanke ist, und ich dachte auch, dass ja nicht dieser Raum, den meine Hand einnimmt, und auch nicht diese Zeit, in der ich mich bewege, das ist, was mich ausmacht, und dass ich diesen Raum und diese Zeit ja auch niemals ausfüllen könnte, und dass das Entscheidende genau dieses Wissen darum ist: das Wissen um dieses haltlose Treiben auf einer weiten Mitte, und dass einem ja nichts anderes bleibt als Mensch, als sich seine Gedanken darüber zu machen. Und dass ein solches Sich-Gedanken-Machen ja den Menschen ausmacht, und auch seine Moral. Und dass ohne eine solche Moral der Mensch ja nicht bestehen könnte. Und so begann ich, all diese Zettel hier vollzuschreiben. Habe dies und das aufgeschrieben, aus dieser und jener Perspektive. Habe Altes und Neues einfach so kommen lassen. Durch mich durch. Ich habe es hingeschrieben, wie ich es gesehen habe. Und jetzt habe ich sogar das hier aufgeschrieben. Habe es aufgeschrieben und kann es jetzt lesen, meine Augen müssen auf dem Papier nur ein paar Zeilen zurückspringen. Ich kann es lesen oder es auf den Stapel mit den Papieren legen. Später, heute Nacht, wenn ich nicht werde schlafen können, wenn ich wach liege, hier in meiner Kammer, und nach allem horche, was unter mir ist, nach Stimmen und Schritten, nach einem Klopfen, dann kann ich aufstehen aus meinem schmalen Bett und mich an den Schreibtisch setzen, einfach irgendwo hineingreifen, ein Papier herausziehen und etwas lesen über mich und es dann wissen. Gleich werde ich den Stift hinlegen, eine Pause machen. Das Geschriebene durchsehen.

Ich hebe meinen Kopf vorsichtig und lasse ihn dann doch noch einmal auf den Stoß mit den Papieren fallen, ruhe mich dort kurz aus, lege mir auch die Hände noch auf den Hinterkopf, so dass die Ohren frei bleiben, lege die Ellenbogen auf den Tisch neben mich und bleibe noch eine kleine Weile sitzen. Drehe den Kopf hin und her und lausche nach ihr. Kein Ton ist zu hören von meiner Untendrunterwohnerin, kein Zirpen und Rascheln. Alles ist still dort unten. Also stütze ich meine Hände auf, hebe auch den Kopf, löse mich von dort und von dem, was ich nicht hören kann, richte mich auf und gehe los. Ich steige die Stufen hinunter, näher zu ihr hin, vielleicht kann ich sie dann auch besser hören. Jetzt gehe ich durch den Eingangsbereich, jetzt trete ich in den langen Flur. Ich fange meine Runde im Schädelzimmer an, wie immer. Hier ist alles in Ordnung: Es ist schon hell, es fällt Licht durch das schmale Fenster, und auch von hinten, durch die Tür, die ich gerade geöffnet habe, in der ich noch stehe, leuchtet es. Ich kann alles ganz deutlich sehen: Kein Schulkind hat sich über Nacht hinter einer der Vitrinen versteckt, niemand hat an den Köpfen, den Kalotten herumgespielt, niemand hat die Hand in einen offenen Schädel, in einen Unterkiefer gesteckt und ist dort hängen geblieben, niemand hat sie durcheinandergebracht. Wer hätte es schon tun sollen: Seit Jahren kommt keiner mehr hierher. Sie liegen alle noch in ihrer schönen, ruhigen Ordnung im Regal, die Schädel. Blicken, als ich zur Tür hereinkomme, herüber, sie lächeln, ich nicke ihnen zu und wische mit der hohlen Hand etwas Staub von ihren Glatzen. Während ich schon den Kopf zur Vitrine mit den Säuglings- und Kinderunterkiefern drehe, streiche ich noch über die glatte Kühle eines der Schädel hinter mir im Regal, bleibe mit dem rechten Zeigefinger in seiner Augenhöhle hängen.

Fünf Höhlen hat der menschliche Schädel. In eine davon meine Hand zu legen; hier mit dem eigenen Kopf dagegen zu schlagen, die Stirn voran mit dem eigenen Schädel diesen anderen Schädel zertrümmern. Sich schneiden an den Knochensplittern, in die Wunde die eigene Hand hineinstecken, sie auf den Schädel legen. Ein Mal aus Blut an die Unterseite des Schädels tupfen, in die Stirnhöhle, direkt hinter das Auge. Eines Tages hier zwischen diesen Schädeln zu ruhen. Unter einer anderen Hand.

Ich sollte noch einmal zurückgehen, ich sollte die Eingangstür wieder aufmachen und auch offen lassen, sie verdeckt dann gut die Hälfte des einen Muskelmannes, den Holzkeil unter die Tür schieben. Ich sollte die Kasse aus dem Schrank nehmen, ich sollte die Karten bereitlegen und meinen Hocker unter dem kleinen Tisch hervorziehen. Ich sollte mich darauf setzen und die Hände vor mich auf die dunkelgrün lackierte Platte legen, dazwischen die Karten, zu meiner Rechten die Kasse. In die noch vollen Haare sollte ich mir die Brille schieben, denn die brauche ich ja trotz allem nur für eine Arbeit, die ich schon längst aufgegeben habe, und ich brauche sie nicht, um die Leute hier hereinzulassen, die sowieso nicht kommen, und so könnte ich sie wenigstens benutzen, meine Haare zusammenzuhalten. Rechts, etwas oberhalb der Schläfe, habe ich einen Wirbel, eine kleine Palme wächst mir dort aus dem Kopf. Wenn ich nicke, wippt sie nach vorn und ich kann sie sehen. Früher, da habe ich sie immer nach hinten gestrichen, habe Frisurcreme benutzt am Morgen, um dieses Haar zu bändigen, und habe es gehasst, wenn ich aus dem Augenwinkel sah, oder eher spürte, als dass ich es sah, wie es sich wieder aufrichtete, dieses kleine Bündel meiner Haare, wie es sich aus den dann schon frisurcremesteifen Strähnen emporkämpfte und plötzlich stand, mit einem letzten Schwung, und dann wippte bei jeder Bewegung, beinahe noch elastischer, noch gravitätischer als zuvor, durch die dank der Haarcreme neu gewonnene Schwere und Feuchte. Und also habe ich dann darübergestrichen, in der Hoffnung, das Büschel bändigen zu können, es mit den letzten Resten der Frisurcreme noch mit den umliegenden Haaren zu verkleben, und habe vorher schon gefühlt und gestrichen und bin mir hinterher auch noch mit der Hand durch das Gesicht gefahren: von der Stirn hinauf auf der rechten Seite meines Kopfes entlang nach hinten zum Nacken, dort, am Hemdkragen, die Frisurcremereste abwischend und von da nach vorn und einmal durch das Gesicht. Jetzt ist mir das gleich, und auch durch mein Gesicht streiche ich nicht mehr so oft: Das kenne ich ja nun, es verändert sich auch nicht mehr, wie ich hoffe. Ich sollte also schon längst bereit sein und bin es ja auch. Doch erst mache ich meine Runde fertig. Ich schiebe also meine Brille in die Haare und schaue noch mal in der Kraniologie vorbei. Es regnet, und unterwegs, im Flur, bin ich nicht sicher, ob ich das Fenster gestern Abend geschlossen habe. Dass es regnet, höre ich am Rauschen des Flusses, das zugenommen hat. Ich gehe quer durch den Raum auf das Fenster zu, unter meinen Schritten knarzt der Dielenboden, und ich höre noch etwas anderes da unten, ein regelmäßiges Glucksen und Zirpen, ein Atmen. Ich stehe am Fenster und stütze mich mit den Händen auf der Vitrine ab, die darunter steht, lehne die Stirn gegen das Fensterglas. Das Fenster ist geschlossen, und es regnet tatsächlich in Strömen: Ein brauner Strom fließt hinter der Grenze meines Fensters. Der Fluss rauscht vorüber wie ein einziger Regen, und zwischen meinen Armen, unter mir in der Vitrine, liegt der Robespierre.

Ich schaue ihn an: Auch in seinen Zügen strömt etwas, etwas blickt auf mich zurück. Hinter den geschlossenen Augen seiner Totenmaske kann ich Robespierre schauen sehen. Hinter den geschlossenen Augen des Gipsabgusses seiner Totenmaske. Wahrscheinlich ist es sogar der Abguss eines Abgusses. Ich lege mein Gesicht, die rechte Wange, auf das Vitrinenglas und fühle, wie sie breit und flach gedrückt wird, wie das Fleisch meiner Wange sich emporschiebt, als würde da etwas wachsen, und mir schließlich mein rechtes Auge verschließt. Ich mache auch das andere noch zu.

Hier, unter mir, hat etwas Form erhalten, das schon längst verloren ist, denke ich, verloren und verrottet. Hier, unter mir, liegt etwas, das nur deswegen da liegt, weil es für einen anderen verloren ging. Und auch ich werde es nicht halten können. Das ist seine wesentliche Bestimmung: für uns verloren zu sein. Hier sind bloß Spuren über Spuren gelegt worden, immer wieder aufs Neue hat sich hier jemand genähert, hat seine Hand oder ein Stück Wachs auf die Gipsmaske gelegt, ihre Spur mit sich genommen und etwas anderes zurückgelassen. Wer wohl der

Erste war, der mit der hoffnungsfrohen Geste des Bewahrens nach dem rollenden Kopf griff, ihn mit einer Hand am Schopf aus der Kiste unter der Guillotine zog oder mit beiden Händen tief hinein fasste in den frischen Strom? Wie konnte er wissen, ob er den Richtigen wählte? Und trug er ihn dann nach Hause, in ein Tuch geschlagen, die blutigen Lappen mühsam unter der Jacke verbergend? Legte ihn dort auf den Tisch, schob das Brot und auch die Kerze, schob Feder und Papier zur Seite und entblößte das Gesicht, und der Schädel nickte kurz nach rechts oder links hin, eine Locke fiel über die Stirn. Das halb geronnene Blut schrieb den Bruchteil eines Kreises auf die hölzerne Platte. Wozu rettete er dieses Gesicht; wozu nahm er es, es wem zu zeigen? Hier ist etwas zur Spur geworden, was niemals eine sein sollte. Und doch sagt auch diese Maske etwas, das über sie hinausgeht, wie ein Schuhabdruck am Tatort etwa sagt sie: Da war jemand und ist weitergegangen. Hier, in der Geschichte, war jemand, hat etwas angerichtet und ist nun fort. Doch sie sagt noch mehr: Hier hat nicht nur ein Moment Gestalt gewonnen, sondern auch das, was nun nicht mehr da ist, die Bedingung dieses Moments: die Hände, die nach dem Kopf griffen, die blutigen Lappen, die hoffnungslose Geste des Bewahrenwollens, das schwere, das ganz und gar hohle Rollen und Kollern des Kopfs auf der hölzernen Tischplatte. Und sie sagt noch etwas: Meine Anwesenheit, dass ich hier liegen kann in deinem Museum, unter der Glasplatte, und du mich ansehen kannst, dass ich wirklich da bin, das verdankst du der Abwesenheit von etwas anderem: des Lebens. Das höre ich die Totenmaske des Robespierre sagen. Und was mich hier anblickt, wenn sie mich anblickt, ist gar nicht weit weg. Es könnte genauso gut ich sein, der hier wartet, unter dem Glas der Vitrine. Hier liegt mein Schicksal: dass ich sterben werde.

Ich drehe mich um. Durch den Raum und die offene Tür kann ich in den schmalen Flur blicken. Ich sehe auch den Eingangsbereich, den schwarz und weiß gefliesten Boden. Ich sehe den grünen, etliche Male lackierten Tisch, den Hocker darunter, vor dem in die offene Wand eingelassenen Glasschrank mit den wächsernen Lungen, dem Kopfpräparat eines Mannes, dem sie auch die Schultern noch gelassen haben und sonst nichts: keinen Brustkorb, keine Arme und Beine, keine Hand, sie auszustrecken, und keine Haut, sich darunter zu verbergen. Nur die Adern sind sichtbar, die Lymphbahnen und ein Paar Glasaugen und Zähne aus Porzellan. Gegenüber, an der Wand, dicht bei der Eingangstür, hängen die beiden Kupferstiche mit den Muskelmännern.

Wie sie da stehen, so völlig hautlos und ihrer selbst gewiss, einen Schatten zwischen den Füßen, zwischen Standbein und Spielbein, die Handflächen nach außen gekehrt: Sie haben tatsächlich nichts zu verbergen, alles tritt offen zutage. Und sie sind, als genügte diese offensichtliche Blöße nicht, umgeben von kleinen Buchstaben, ein Heer, eine heilige Heerschar von Zeichen und Ziffern schwirrt um sie und fängt sie wieder ein, stellt sie auf den Boden der Wissenschaft, um sie von dort aus zum Sprechen zu bringen, sie sagen zu lassen, und ich kann es auch hören, den ganzen Weg durch den Flur und bis hier herüber ins Schädelzimmer höre ich sie, und manchmal höre ich sie auch nachts, wenn ich oben in meinem Zimmer liege, höre ich sie, wie sie nicht murmeln oder raunen, wie sie mit ganz und gar fester, mit klarer Stimme sagen: Beunruhige dich nicht, was du in uns siehst, ist nichts Unheimliches, denn alle Ungewissheit verschwindet mit dem Zeichen. So wie wir hier stehen, so offen, Blick und Hände auf dich gerichtet, so stehen wir doch nur, weil du uns hierhin gestellt hast, uns benennen kannst und weißt mit uns umzugehen, denn du kannst ja deutlich sehen: Innen ist nichts anderes als außen, nur dass die Haut fehlt, die sonst die Grenze deines Blicks gewesen wäre. Und hier, das kleine a, neben meinem Kopf, rechts vom Auge, ja, genau hier, auf der Höhe der Schläfe, nimm es und sieh es nach, schau unten in der Legende, und dann wirst du lernen und wissen können, was dich von hier aus anblickt, was dich anblickt, wenn du uns siehst. Und dann musst du dich auch nicht mehr fürchten, denn dann liegt dir ja dein Schicksal, so wie uns das unsere, in den eigenen Händen. Dann hast du ein Wort bekommen und du kannst es nehmen und damit machen, was du willst. Du kannst es sagen oder hinunterschlucken, du kannst es laut aussprechen oder vor dich hin flüstern; du kannst auch aufschreiben, was dich quält, und dann nimmst du den Zettel und nähst ihn in deinen Jackensaum ein, und dann hast du es bei dir und bist es zugleich los: weil du es dann nicht mehr denken musst und dich auch nichts fragen. Weil es dann einfach da ist: dein Wort. So reden sie und reden, und ich kann sie hören dabei.

Ich kann sie gar nicht sehen, ich weiß es bloß: dass sie da hängen, an der Wand im Eingangsbereich, die Muskelmänner. Schräg gegenüber von ihnen, auf der anderen Seite der Vitrine, führt die Treppe nach oben. Ich sehe noch ein paar Stufen hinter dem präparierten Kopf auftauchen: als wüchsen sie daraus empor, eine Krone, und führten dann irgendwo anders hin, wiesen über ihn hinaus. Auf dem Treppenabsatz dann die kleine Toilette, die ich mir mit den Museumsbesuchern teile. Dort war ich eben, dort hat der Tag begonnen. Noch einmal zwölf Stufen und man ist oben. Links der Treppe liegt meine Schlafkammer, rechts der Trockenboden. Hier lagern Ausstellungsstücke, die im Museum nicht unterzubringen waren, hier ist die eigentliche Sammlung: verschiedene anatomische Modelle und Karten. Einige Atlanten und natürlich Staub. Ein Karton mit Kinderzeichnungen von irgendwelchen Schulprojekten. Gläser mit unansehnlich gewordenen Feuchtpräparaten der letzten Jahrhunderte. Die eingedrungene Luft hat das Terpentinöl zu einer gelben, zähen Masse verdickt, durch die die Kinderhäute, Finger und Hände, die Organe und Hirnteile kaum noch zu erkennen sind. Und doch: Sie sind noch zu gut erhalten, sie wegzuschmeißen. Auch die Besessenheiten meiner Vorgänger finden sich hier: siamesische Zwillinge (feucht und trocken präpariert; Gipsmodelle, auch einige Zeichnungen), Bronchialpräparate, einige Ölporträts von Kindern mit dem zyanotischen Herzfehler, auch das. Ein ganzer Schrank voller Knochenkrebse, gewucherte Oberarmknochen, Arme. Exotischeres: die Mumie eines im Sitzen begrabenen Ägypters, eine meterlange Schlangenhaut. Dies alles muss man eines Tages katalogisieren, um die Übersicht zu behalten. Man muss es in eine Ordnung bringen, es aufschreiben, es nutzt nichts, die Dinge bloß zusammenzutragen und dann liegen zu lassen, sich selbst und dem willkürlichen und unter Umständen völlig ahnungslosen Blick eines zufälligen Betrachters ausgesetzt, eines Betrachters, so wie ich einer bin: zufällig hierher gekommen. Es gibt nur diese beiden Alternativen: katalogisieren oder wegschmeißen. Denn all diese Dinge hier zu wissen, über die man keinen Überblick haben, die man nicht einmal zählen kann, weil man nicht weiß, was man wozu rechnen, was man auf welchen Haufen schlagen soll, denke ich, ist, als hätte man rein gar nichts hier. Man kann nur unglücklich werden zwischen all diesen ungezählten Sachen, denke ich manchmal auch noch. Doch im Moment bringe ich ja selbst noch Sachen bei: Alle paar Wochen trocknet meine Wäsche hier. Und neuerdings auch die Gipsabgüsse, jetzt, zum Ende des Winters, wo das Frühjahr bald kommt, ist es trocken genug hier oben; zudem war in meiner Kammer einfach kein Platz mehr. Die Gipsfüße von letzter Woche hängen noch über der Leine, sie sind jetzt bestimmt auch innen trocken, und ich kann sie bald abnehmen und in die Kiste zu den anderen Sachen tun. Auf der Höhe des Knöchels habe ich ein Loch in sie gebohrt, einen Faden durchgezogen, einen Knoten gemacht. Die leeren Füße baumeln da auf der Leine wie früher die Schlittschuhe über meiner Schulter. Das alles kann ich natürlich nicht sehen, von hier aus: die Gipsfüße nicht und auch nicht die Schlittschuhe, wie sie damals über meiner Schulter hingen. Ich stehe noch immer im Schädelzimmer, einen Stock tiefer, die Stirn gegen die Scheibe, den flachen Blick aus dem Fenster. Das alles weiß ich nur, und ich erinnere mich daran, wie ich vor ein paar Tagen selbst noch barfuß die Gipsfüße da hinaufgetragen und über die Leine gehängt habe, und wie ich dann mit meinen eigenen Gipsfüßen wieder in die Socken gefahren bin, weil ich sie nicht waschen wollte, bei der Kälte; und auch an das hohle Schlagen der Schlittschuhe gegen Brust und Schulterblatt erinnere ich mich, an das kalte Metall. Und wie ich rannte damals, auf den See zu, und wie trotzdem alle schon fort waren, als ich ankam, mit heißem Kopf und diesem Schlagen auf der Brust, dem Schlagen hinter der Stirn. Und wie ich mir die Schuhe von der Schulter riss, und ich aus dem Augenwinkel sah und es auch hörte: dass die Kufe beinahe mein Ohr getroffen hätte; wie ich die Schuhe anzog, mich immer noch beeilte mit den eiskalten Fingern, obwohl niemand mehr da war; wie ich hineintrat in die kalten Schuhe, sie fest schnürte, um dann mit festem Tritt, mit einem einzigen Schwung auf das Eis hinaus zu schießen, daran erinnere ich mich noch. Und wie ich mich immer weiter vorwagte, mit langen Schritten und weit schwingenden Armen, immer weiter, auf die Mitte des Sees, auf die dünner und dünner werdenden Stellen zu, im Kopf das Bild der Mutter, wie sie am Esstisch gesessen und zu mir hingeschaut hatte, und wie ich gar nichts von ihr hatte sehen können zwischen den hellen Streifen, die durch den hölzernen Lampenschirm auf das Tischtuch und die Wand dahinter fielen, die auf das Gesicht meiner Mutter fielen. Ich weiß noch, und das wusste ich auch damals, auf dem Eis, wie ich diese Streifen auf dem Gesicht meiner Mutter zählte, die Schatten bewegten sich leise, wenn sie sprach oder kaute, wenn sie sich zum Vater herüberbeugte. Ich verzählte mich, begann noch einmal von vorn, zählte über das Tischtuch hinweg, den Teller entlang die Brust meiner Mutter hinauf bis zu ihrem Gesicht, ich zählte die Lichtstreifen darauf und zählte auch das Dunkle dazwischen, und wie ich so zählte, erkannte ich sie plötzlich nicht mehr unter diesen Strahlen. An dieses fremde Bild meiner Mutter erinnerte ich mich, und wie ich nicht mehr hatte wegsehen können von diesem fremden Anblick, und ich erinnere mich an ihre Stimme, und wie sie sagte: *Nein, du bleibst hier, bei mir, du gehst nicht nach draußen, es ist noch nicht lange genug kalt, das Eis ist noch nicht fest. Es ist gefährlich.* Und wieder wehte dieses Dunkle durch ihr Gesicht. Und das Nein, dieses Nein, das zog auch Kreise und Schwünge; jede Kurve, die ich auf dem Eis nahm, schrieb das Nein fester, tiefer in meinen Kopf, und selbst, als ich ruhig stehen blieb, spürte ich es noch gleiten und schwingen in mir, so schnell, als hätte es die Arme eng an den Körper gepresst und jeden Widerstand aufgegeben, so lange, bis es unkenntlich wurde, bis es kein Nein mehr war und auch kein Ja, bis es überhaupt kein Wort mehr war, das ich verstehen konnte, sondern bloß noch ein einziges Schwingen und ein Sausen in meinem Kopf. Bis dann der Boden unter mir brach, alles kalt wurde um mich herum und klar, mein Körper still, und auch das Nein schwieg und ich lieber gar nicht mehr herausgekommen wäre aus dieser Kälte, die von einer Hitze nicht zu unterscheiden war. Und wie heiß es um mich war, als ich dann doch emporkam, gezogen von irgendwem, wie ich schwitzte auf seinen Armen, auf dem Weg nach Hause, und alles aus mir heraustroff. Wie die Mutter schon in der Tür stand. Ich weiß noch, wie schwer meine Füße nach unten gezogen hatten, im See und auch danach noch, auf dem ganzen Weg nach Hause haben meine Füße an mir gezogen. Ich spüre das Gewicht meines Kopfes an der glatten Scheibe und blicke noch einmal nach unten, zwischen meine Arme, zum Robespierre hin.

Dass ich sterben werde. Und wer wird kommen, mir das Wachs über die offenen Poren zu reiben, wer wird mir die Augen verschließen, wer wird das durch seine Hände dann schon hautwarm gewordene Wachs, wer wird später die Kühle des Gipses auf meine Lider legen. Und was wird darunter sein, ein gänzlich leerer Kopf, der ständig zur Seite schnappt, weil ich gerade hinter mich schaute, als ich starb und zu spät gefunden wurde, und nun ganz starr bin in dieser Lage, und keine Gewalt wird mich mehr dazu bringen, nach vorn zu blicken. Und wird der, der mir die Maske abnimmt, vielleicht nicht sorgsam genug sein, und wird das Wachs nicht gleichmäßig genug verteilen. Und mein Gesicht, das sonst immer ruhig war und gerade, selbst in den Zeiten höchster Not oder höchsten Erschreckens, und das auch im Tod nicht kämpfte oder krampfte, wird ganz schief werden davon, von seinem Kneten und Arbeiten. Der Gips wird an einigen Stellen kleben bleiben und es in alle Himmelsrichtungen verziehen, eine Fratze, und man wird es für einen Witz halten. Für das Gesicht eines Verrückten. Er wird vergessen, die Augen einzureiben, und mir eine Wimper ausreißen, wenn er die trockene Maske herunternimmt, und diese Wimper wird in der Höhlung meiner Wange liegen bleiben, und man wird ihren Abdruck sehen können auf dem bronzenen Abguss, den irgendeiner von meinem toten Gesicht anfertigen soll. Und wo wird er landen, der Abguss? Hier, in der Vitrine, zwischen Robespierre und irgendeiner Ehebrecherin, und es wird ein Schild dabei stehen, und was wird darauf zu lesen sein, oder wird überhaupt etwas darauf zu lesen sein, wenn ich es nicht schreibe oder schon geschrieben habe? Und was wird man wissen können, über mich, was ich nicht gesagt habe und was dann weitergetragen wurde, von Mund zu Mund, hinter vorgehaltenen Händen? Doch hier ist weit und breit kein Ohr, in das ich es flüstern könnte und das es auch behielte, und kein Mund, der es weitersagte. Und also nehme ich meinen Stift und das Papier und schreibe alles auf, damit, wenn dann jemand kommt, meinen toten Körper zu finden und meinen Abdruck zu nehmen, er das alles hier lesen und dann auch wissen kann und eine Antwort geben kann, falls ihn jemand fragen sollte, wer das denn war, der hier liegt, so tot? Doch erst muss ich meine Runde noch machen, die Hände hinter dem Rücken, den Blick nach vorn, und ich muss alles genau beobachten dabei, jede schwingende Diele, über die ich gehe, und jedes Rucken meines Inneren, damit ich dann später, in der Nacht, unter dem offenen Fenster, alles wahrheitsgetreu zu Papier bringen kann. Damit es irgendwann vollständig ist.

Ich muss auch die Wäsche noch abhängen, ich darf das nicht vergessen, ich will nicht, dass sie zu lange dort hängt. Gleich gehe ich also hinauf und hole meine Wäsche vom Trockenboden und gehe mit ihr hinüber in meine Kammer, und ich setze mich dort an den Tisch unter das schräge Fenster. Den Korb stelle ich auf den Boden rechts neben mich. Ich schiebe alle Papiere und auch das Schreibgerät zur Seite, damit ich Platz habe für meine Wäsche. Ich mag meine Sachen, besonders, wenn sie frisch gewaschen sind. Ich mag die Sichtbarkeit ihres Verfalls, die Dünnheit ihrer Fasern. Alle meine Sachen sind schon alt, manches stammt noch aus den Jahren, in denen ich mit Mühe jene Größe erreicht hatte, die jetzt schon wieder, wenn auch noch unmerklich, schwindet. Die Größe, die bald ganz weg sein wird, die vielleicht gar nicht erst zur Kleinheit zusammenschrumpelt, nach und nach mir Falten ins Gesicht und auf den Körper zeichnet, sondern die direkt, auf einmal verschwunden sein wird. Dieser ganze Körper wird bald weg sein: Ich brauche mich bloß an ihn zu halten, und dann geh ich mit ihm unter. Anders die Sachen, selbst wenn ich sie hielte oder trüge, verlören sie mich, wie ich mich jetzt schon, von Wäsche zu Wäsche, unter ihnen verändere, und wie auch mein Schweiß von Mal zu Mal anders wird, kränker, und immer gelbere Ringe auf meine Hemden macht. Dieses Unterhemd, zum Beispiel, ich trug es beim Schulsport und auch in jener Nacht, in der eine andere Hand als meine darunter fuhr. Hier, mein Name steht noch immer darin; mit rotem Garn hat meine Mutter ihn in den Saum des Halssauschnittes gestickt, während ich neben ihr auf der Küchenbank saß, den Blick nach draußen. Auf der Eckbank unter dem Fenster saß ich, steckte die Finger durch die

Löcher der gehäkelten Gardine, durch die Vogelleiber und Ranken, durch die Äste der Bäume, und presste mein Gesicht gegen den Vorhang, das Kühle der Scheibe dahinter zu spüren, und wie meine Haut sich veränderte, ein Muster bekam. Der Stoff ist zerschlissen und selbst jetzt, nach dem Waschen mit kaltem Wasser, weich. Dieses Stück Stoff kenne ich. Bald ist es ich. Wie viele Stunden ich es schon getragen habe, wie viele Schüppchen meiner Haut zwischen diesen Fasern sitzen, wie viel mehr ich wohl herausgewaschen habe. Ich lege das Hemd auf die eine, die richtige Weise zusammen und dann zu den anderen Sachen. Ich falte meine Wäsche gern.

Ich sitze an dem kleinen Tisch unter dem Dachfenster. Ich habe den Korb mit der Wäsche neben mich auf die Dielen gestellt. Ich sitze gerade, mit dem Rücken zur Tür. Ich schaue mich um. Drüben der Trockenboden. Hier mein Zimmer: darin nur ein schmales Bett, eine Kommode, ein Stuhl, ein Tisch, darüber: das Dachfenster, darauf: Papiere, Zeichnungen, meine Aufzeichnungen über das Innenohr, den Menschen. Was ich alles aufschreibe: alles. Auch das: wie lang ich aus dem Fenster geblickt habe und was ich dabei sah. Ob das wohl der gleiche Himmel war wie gestern, oder derselbe. Seit ich ein Kind war, habe ich nicht aufgehört, mir solche Fragen zu stellen. Auch diese: wie der Ton wohl durch das Ohr rutscht. Ob es immer noch dieselbe Stimme ist, die mich in meinem Kopf erreicht. Die sich dort einnistet, dort atmet und schwingt. Ob diese Stimme, wenn sie wieder draußen ist, eine Spur hinterlassen haben wird. Ob man sie überhaupt herausbekommt aus dem Kopf, eine solche Stimme, ob man sie irgendwie bewahren kann oder ob sie sich selbst bewahrt. Und wo. So wie die der Untendrunterwohnerin, deren Stimme immer eine Weile länger hängen bleibt als die Stimmen der anderen Leute. Ich schüttle den Kopf, innen pendelt ein Ton, ein Wort. Es raschelt und zirpt. Kommt es von unten, ist es sie, die ich höre?

Ich höre sie, die Untendrunterwohnerin, ihre Stimme, auch noch, als ich mich schon nach unten, zum Korb hin, beuge. Innen klingt es. Ich ziehe ein Hemd heraus. Ich blicke auf. Ich habe vergessen, die Papiere zur Seite zu räumen. Jetzt sitze ich da, mit dem Hemd in der Hand, den Papieren im Blick. In mir tönt es noch immer, es summt. Ich drehe mich um, da ist keiner. Stünde sie jetzt hinter mir, was sähe sie dann, was könnte sie sehen, von mir. Dächte sie: Jetzt sitzt er da, mit dem Hemd in der Hand, den Papieren im Blick, und weiß nicht, was er tun soll, er zögert. Jetzt legt er das Hemd quer über seinen Schoß. Jetzt beugt er sich nach vorn, reicht über den Tisch und fasst mit zwei schnellen Strichen die Blätter zu einem Stapel zusammen. Er legt sie neben sich, auf den Boden, auf die andere Seite des Stuhls. Jetzt kann er das Hemd auf dem Tisch ausbreiten und glatt streichen. Stünde sie hinter mir, die Untendrunterwohnerin, was sähe sie, was fragte sie sich über mich, oder fragte sie sich nichts? Was ich wohl denke, das könnte sie sich fragen, sie könnte sich fragen: Was er denkt, während er, leicht vornüber gebeugt, die Ellenbogen nach hinten abgewinkelt, mit festen Strichen über den glatten Stoff fährt? Ob er, im Kopf, schon seine Runde zu Ende geht? Hier und da stehen bleibt. Die Hände in den Taschen oder hinter dem Rücken verschränkt, die Finger ineinander, weil er vielleicht nichts anfassen, sich nirgendwo abstützen wollte. Und dass sie natürlich nicht wissen kann, was da vor sich geht, in meinem Kopf, das müsste sie dann auch irgendwann denken, und sie müsste zu sich sagen: Ich weiß nicht, was er denkt, ich kann ja nicht in ihn hineinsehen, und sie müsste sich weiter damit begnügen, hinter mir zu stehen, sich über mich zu beugen, so wie ich mich über mein Hemd beuge, den Kopf müsste sie noch ein bisschen nach vorn recken, ja, dann könnte sie mir die Hände auf die Schultern legen, so wie ich gerade jetzt meine Hände kurz auf dem Hemd ruhen lasse, und sie könnte dann sehen, wie ich, ohne zu zögern, mit nur einer einzigen Bewegung, den rechten Ärmel des Hemds auf dessen Rücken falte, den linken daneben, es emporreiße, als wollte ich es an mich drücken, Aug in Auge mit dem Hemd, es über meine ausgestreckten Zeigefinger klappen lasse, wie ein Taschenmesser. Und sie könnte sich fragen, ob ich mich mit der gleichen Bewegung zu ihr umdrehen würde, wie ich den Ärmel meines Hemdes diesem auf den Rücken lege. Und was sähe sie in meinem Gesicht, drehte ich mich zu ihr um, wäre es glatt, erkennte sie es? Und wen erblickte sie darin? Oder müsste sie mir doch meinen Schädel öffnen (eine apollinairesche Operation), mit Hammer und Meißel, mit dem kleinen Bohrer, und dann, immer tiefer, mit beiden Händen in mein Hirn greifen, in der weichen Masse zupfen und reißen, etwas herausreißen, es zwischen ihren schlanken Fingern kneten und reiben, es ganz auseinanderziehen, es vor sich und vor mich, vor uns beide auf dem Tisch ausbreiten, flach wie eine Karte, deren Wege und Orte sie dann mit dem Finger nachzeichnen könnte, um mich ganz zu erkennen? Und wo müsste sie hineinpieksen, mein Innerstes zu treffen, und wie sollte es ihr gelingen? Und was wäre gewonnen, wenn sie ihren Finger auf eine dann aufgefaltete Windung meines Hirns legen könnte oder tief in deren Inneres bohren und laut sagen: Hier also steckst du. Nichts ist zu gewinnen durch eine solche Operation, außer dem einen, großen Schrecken: dass es umsonst war, dass darin nichts steckt und daher auch nichts zu finden ist.

Doch sie steht nicht hinter mir, und ich sitze hier ganz alleine, und niemand hat seine Hand auf meinen Rücken gelegt. Ich muss noch einmal in den systematischen Raum, bevor ich dann um neun endgültig aufsperre. Aber erst muss ich die Wäsche fertig machen. Noch drei Hemden, und es ist sicher schon zehn vor neun. Ich bin heute langsamer als sonst. Dies hier, das Blaue, ist auch so ein Hemd. Ich trag es schon Jahrzehnte. Es passt noch immer; ich halte mein Gewicht. Ich denke das nicht zum ersten Mal. Ich denke es wieder und wieder, immer, wenn ich das Hemd von der Leine nehme, es in den Korb lege und vom Trockenboden herüber in mein Zimmer trage, und später, wenn ich es zusammenlege, und auch, wenn ich es aus der Schublade nehme, und die ganze Zeit, während ich es trage, denke ich daran, oder nicht ich denke das, es denkt sich in mir: wie lange ich dieses Hemd schon besitze, wann ich es zum ersten Mal trug und wann danach, bei welchen

Gelegenheiten, und ob es überhaupt Gelegenheiten gab in meinem Leben oder ob ich sie verpasste. Und ich denke, dass zwar jedes Jahr wieder gleich ist, einen Sommer hat und einen Winter, nur, dass ich nicht mehr gleich bin in diesen immer gleichen Jahren, dass ich mich verändere und fortschreite: auf den Tod zu, und ich denke, dass ich durch dieses Fortschreiten auch für die Dinge verloren bin, für alles, was hier um mich ist, was ich in den Händen halte, bin ich schon längst verloren, und auch für diese Hemden hier bin ich das. Und wenn ich schon nicht mehr da sein werde, dann werden sie es noch sein, und sie werden Spuren von mir tragen, kaum sichtbare Reste meiner eigenen Haut, und in ihnen wird ein Wissen darum sein, dass ich sie getragen habe, und dass sie mich berührt haben. Dass sie um mich waren und ich in ihnen gelebt habe. Und diese Reste von mir, die werden fortleben in meinen Hemden, und jemand könnte sie finden darin oder könnte sich diese Hemden überziehen und dann wissen, dass ich einmal darin gesteckt habe. Doch von mir selbst, da fände er nichts. Ich drehe mich noch einmal um, bevor ich das Zimmer verlasse. Ich habe die Papiere auf dem Boden neben dem Stuhl vergessen. Ich gehe zurück und lege sie auf den Tisch, dorthin, wo eben noch meine Wäsche gelegen hat. Auf einem solchen Tisch hat auch Robespierre gelegen, eine ganze Nacht lang hat er dort gelegen, es war seine letzte, und er wusste das, er lag dort, auf diesem harten Schreibtisch, eine kleine Kiste unter seinem Kopf, und das Blut floss aus ihm heraus. Und er konnte denken, dass dies ja nur der Anfang sei und dass er froh sein könnte, überhaupt noch etwas unter seinem Kopf zu haben, das er spüren kann, und Blut in seinem Körper, das noch herausfließen kann, dass er noch einen Kopf auf seinem Hals sitzen hat, mit dem er denken kann. Sonst konnte er nichts mehr tun, wie ein Stoß Papiere hat er dort gelegen und auf seinen Tod gewartet. Hat die Zeit vergehen lassen.

Ich stehe auf halber Treppe zwischen Speicher und Museum, ich hocke mich auf die Stufen und schaue nach unten. In die Wand neben der Eingangstür sind zwei Vitrinen eingelassen, aus diesem Winkel, auf der oberen Stufe der Treppe kauernd, kann ich durch die Scheiben hindurch ins Treppenhaus sehen und kann sehen, dass dort niemand die Stufen heraufsteigt. Hinter den Gläsern mit Feuchtpräparaten kann ich niemanden kommen sehen: Was ich zwischen diesen Gläsern sehe, den schmalen Kolben mit einzelnen Fingern, der Arteria profunda des Penis und dem Chorion eines Pferdes, allesamt aus dem 19. Jahrhundert, was ich dazwischen sehe und was mich beständig anblickt, ist ein Glas von der Größe und der Beschaffenheit eines Einmachglases, darin, in einem Stück, die welke Haut eines Kindes, und es ist nicht das Glas, das mich anschaut, indem es meinen Blick gefangen hält, es ist das formlose Gesicht, das inmitten dieses häutigen Mäntelchens hängt, die Ohren spitz nach oben. Auch dieses tote Gesicht will etwas von mir. Ich blicke zwischen den beiden Kupferstichen mit den Muskelmännern und den Präparaten hin und her; dazwischen, links in der Wand, liegt die Eingangstür, vor die ich nicht schauen kann: sie liegt im toten Winkel meines Blicks. Ich kann nur sehen, ob jemand kommt, ob er schon da ist, das sehe ich nicht. Ich schaue auf die verschlossene Tür. Worauf warte ich hier eigentlich und was vergeht, während ich hier sitze?

Die Zeit, die gibt es doch gar nicht, die geht doch bloß vorbei. Die Zeit, die ist doch nichts als ein Aufschub zu dem Moment hin, der dann gar keiner mehr gewesen sein wird, denn man wird ihn nicht einmal mehr benennen können, und es wird auch keinen Ort mehr geben, von dem aus man sprechen könnte, und kein Ohr, das sich einem öffnete, und man wird keinen Mund mehr haben für das Wort, das einem nicht einfiele, und man wird nicht traurig sein deshalb, weil auch das dann schon gleichgültig sein wird, weil dann alles egal ist, weil die Zeit ja nichts ist als der Aufschub zu dem Moment hin, an dem sie verschwunden sein wird. Die Zeit ist das Bangen inmitten der Worte: Sie hockt da, verborgen, und man kann sie nicht sehen und nicht einmal spüren, man weiß bloß, dass sie vorübergehen wird und dass man in ihr steckt. Man kann nur in ihr sein. Man kann nur irgendwie mitten in ihr sitzen, so wie man auch zwischen den Worten sitzt, und aus ihr und aus ihnen heraus sagen: In einer Stunde werden sechzig Minuten verflossen sein. Es gibt kein Oder. Ist man draußen, ist man tot. Wie Robespierre, der war auch in seiner Zeit, und jetzt ist er tot. Der hat auch mit Köpfen gespielt, so wie ich, hat sie hochgenommen und fallen lassen, und jetzt ist er selber tot. Er hat sich gar nicht angeschaut, was mit den Köpfen passiert, das hat er gar nicht sehen wollen, der Robespierre, wie die Köpfe von den Hälsen heruntergeschnitten wurden, mit einem einzigen Schwung, und wie sie in die Kisten und Körbe fielen, und welches Geräusch sie machten, beim Aufschlagen auf den Kistenboden oder auf die anderen Köpfe, und wie sich das eine Geräusch von dem anderen unterschieden hätte, das wollte er nicht hören, und er wollte auch nicht sehen, wie die Münder der von ihren Körpern getrennten Köpfe noch zuckten oder lächelten, sich zu einem Schrei formten, den keiner mehr würde hören können, und wie die Augen aufgingen und sich dann wieder schlossen, weil sie den eigenen Körper auf dem Brett unter der Guillotine liegen sahen, aus einer Perspektive, aus der sie zuvor diesen Körper niemals hatten sehen können. Das alles wollte Robespierre nicht sehen, und so konnte er auch nicht wissen, was ihn erwartet, welches Bild er selbst abgeben würde in seinem Tod. Und einmal, da hat er ein großes Spektakel veranstaltet. Er hat sich da hingestellt, vor den Louvre, er ist da hingegangen, allen voran, und dann hat er dagestanden, und alles zog an ihm vorüber; ein großes Fest. Da steht er, auf einer Tribüne, und ein Schatten fällt dahinter, und vorne ist alles voller Leute, und oben, wo der Himmel sitzt, da ist es leer, und er könnte jeder sein, er ist so klein, man kann ihn kaum erkennen. Und deswegen kann man gar nicht mehr viel über ihn sagen, und das will ja auch niemand, etwas über ihn sagen oder wissen, der soll ja lieber ganz verschwinden, in der Zeit, der Robespierre. Der soll verschwinden und nichts mehr soll an ihn erinnern: kein Grab und kein Denkmal. Bloß, dass er irgendwann alles an sich gerissen hat, mit einer großen Geste, alle Gewalt und alle Worte auch, das wissen die Leute noch über Robespierre, und dass es nicht genügt hat, was er tat, oder dass es zu viel war und das Blatt sich gewendet hat, ohne dass er es merken oder verhindern konnte, er es nicht mehr aufhalten konnte, und auch nicht festhalten. Nichts konnte er mehr festhalten, während der Trümmerhaufen vor ihm zum Himmel wuchs. Das Anwachsen dieses Trümmerhaufens, das konnten die Leute dann nicht mehr ertragen, und sie wollten ihn auch nicht sehen, einen solchen Trümmerhaufen, und dafür klagten sie Robespierre an, für dieses grauenvolle Bild, das mit ihm verschwinden sollte. Er wurde geächtet, doch einer konnte es nicht abwarten, dieses Bild, das sich ja auch im Gesicht des Robespierre zeigte und das ich noch heute darin sehen kann, in seiner Maske, zum Verschwinden zu bringen, und schoss auf ihn. Einer hat Robespierre die linke Kinnlade weggeschossen, oder war er es selbst, hat er sich selbst ins Gesicht geschossen, damit es keiner mehr ansehen kann, damit es verborgen wäre vor der Welt und dem, was sie darin sehen könnte. Und dann haben sie sein Gesicht wieder zusammengezurrt, mit einem langen Lappen haben sie den Kiefer an Robespierres Kopf festgebunden, um den Verband kurz vor der Hinrichtung endgültig abzureißen: damit man wissen konnte, was darunter war. Sie mussten sogar die Hinrichtung verlegen, so sehr hatten sie ihn oder hatte er sich selbst erwischt, sie mussten ihn einschieben, sonst wäre er von selbst gestorben und hätte seine Strafe verpasst. Und so starb Maximilien Robespierre also, beinahe von selbst, nachdem sein Gesicht in einem wilden Kampfe vollständig verstümmelt worden war. Das kann man noch sagen über Robespierre und nichts davon verrät die Maske, die hier liegt. Nur die beiden Spuren, an denen entlang sie wohl abgenommen und wieder zusammengesetzt wurde, die zwei sehr feinen Narben sprechen davon, indem sie das Gesicht wie ein Fadenkreuz durchziehen und es eben nicht genau in der Mitte, sondern leicht links davon markieren, die etwas unterhalb der Nase ein Feld abstecken, genau jenen Bereich einfassen, der die linke untere Gesichtshälfte ist. Und wenn also diese Maske gar nicht die eines Toten ist, sondern zu Lebzeiten dessen Tod vorwegnimmt, so tut sie es tatsächlich. Indem sie die Spur dessen zeichnet, was dann gar keine Spur mehr hinterlassen haben kann: der Schuss. Als hätte er es geahnt. Und das, von dem ich glaube, dass es danach war, ist also vorher gewesen und hat die Zeit überdauert, auch das Danach hinter sich gelassen, und tritt mir jetzt entgegen, als wäre es von da bis heute unter Auslassung des Todes nur ein einziger Schritt. Als wäre es ich selbst, als müsste ich bloß die Augen schließen, mich ans Fenster stellen, mir ein Kreuz auf mein Gesicht werfen lassen, einen Riss, und dann hinaustreten auf die Straße: bereit für den ersten Schuss. Und auch er wusste es also, dass er sterben würde, dass er am Ende seines Lebens bloß gestorben sein würde; das wusste er und konnte es doch nicht aus der Hand geben und nahm es dafür in Kauf, einem anderen sein Gesicht entgegenzuhalten, dass dieser eine Totenmaske daraus mache, und nahm es auch in Kauf, jedem anderen, der nach diesem kam, dann diese Maske entgegenzustrecken und ihn glauben zu lassen, oder es wenigstens nicht mehr bestreiten zu können, hier handle es sich um das Gesicht eines Toten. Und als sie fertig war, konnte er die Maske in seine Hände nehmen und konnte wissen, was übrig bliebe von ihm, und was man würde wissen können und sehen und was nicht, was ein Rätsel bliebe, bis heute: wie er so unversehrt hatte davonkommen können. Und so konnte er auch sein Gesicht hingeben, seine Kinnlade und alles, was dazugehört, für eine Sache, die so absehbar enden würde, mit seinem Tod.

Ich stehe auf und gehe die letzten Stufen der Treppe hinunter ins Foyer. Heute sperre ich gar nicht auf. Es ist schon neun vorbei, und die Tür ist immer noch zu. Das soll sie auch bleiben. Heute werde ich mich nicht an mein Tischchen setzen, den Stoß mit den Eintrittskarten vor mir auf der glänzenden Platte, und ich werde auf niemanden warten, denn heute wird keiner kommen, und ich will auch niemanden hier haben. Lieber gehe ich noch einmal hinüber zu meinem Robespierre. Ich beuge mich zu ihm hinunter: Auch ich habe hier ja nur ein paar Spuren von ihm, Spuren von Spuren, den Abguss einer Maske, die es gar nicht geben kann. Und ich denke, dass eine solche unwahrscheinliche Maske ja trotzdem etwas sichtbar macht, was man sonst nicht hätte sehen können, was wenigstens ich nicht gesehen hätte, und was es sonst auch gar nicht geben würde: dass man hier eine Berührung sehen kann, dass hier also aus einer Geste eine Figur geworden ist, eine Form, die sichtbar bleibt und die ich auch anfassen kann, hinter der ich mein eigenes Gesicht und alles, was dahinter ist, verbergen könnte. Denn alles, was wächst in mir und was sich langsam hervortut, das wächst ja hinter dieser Maske, die mir mein Gesicht ist, und doch wird dieses Gesicht nicht bleiben, und auch das, was da wächst, wird es nicht. Das alles wird verrotten und vergehen, und das Einzige, was von mir bleiben wird, ist dieser Totenschädel, den ich schon jetzt hinter meinem Gesicht trage. Und den Totenschädel des Robespierre, der muss ja auch irgendwo sein, denn so ein Knochen, der hält sich unter einigermaßen günstigen Umständen ewig, diesen Totenschädel also, der irgendwo herumliegt in der Welt, den trag ich ja auch hinter meinem Gesicht, und der wird bald zutage treten. Das lässt sich ja gar nicht verhindern, dass der zum Vorschein kommt, früher oder später, dieser Totenschädel hinter meinem Gesicht. Und dieses Klopfen und Pochen hinter meiner Stirn, das helle Kreischen und Läuten, das kündigt ihn mir ja schon an, diesen Totenschädel, und ich spüre es regelrecht, wie er sich herausarbeitet aus mir, ganz ohne mein Zutun, wie er langsam hervorbricht dieser Schädel. Und dann braucht es gar keine Totenmaske mehr und niemanden, der Hand an mich legt, denn dann ist mir ja mein Schädel diese Maske, hinter der alles andere, alles, was ich war und bin, das Fleischige und auch das Unförmige, hinter der dieses alles dann verschwunden sein wird. Denn am Ende bleibt doch nichts von der elenden Moralphysiognomie, und auch das schöne Gesicht von Robespierre, das ja nur in dieser Totenmaske schön ist, im Leben war es das nicht und im Tod schon gar nicht, dieses Gesicht sieht im Dunkeln oder wenn sich das Licht in der Scheibe bricht oder wenn ich es von der Seite betrachte, bloß aus wie ein schrumpeliger Apfel, den ich hier, in meiner Vitrine, zwischen all die anderen Gestalten legen kann, und ich kann auch die Schilder vertauschen, und keiner würde es merken, und das geronnene Stück Gips, als das Robespierre mir aus seiner Zeit entgegenblickt, wäre dann das Antlitz einer Ehebrecherin. Und Napoleon, der liegt auch hier, direkt neben Robespierre, doch ihn schaue ich mir nie an, und über ihn denke ich auch nicht nach: Er interessiert mich nicht. Von Napoleon hab ich auch ein kleines Klappfigürchen aus Alabaster. Man kann dem kleinen Männchen den Bauch wegklappen wie bei einem Altar die Flügel, und das Schild daneben, das ja nicht ich geschrieben habe, das ja schon da stand, neben dem Napoleon, als ich das erste Mal hier war, auch wenn ich es da noch nicht gesehen habe, das Schild sagt auch: Retabel des Napoleon, als ob es wirklich ein Altar wäre, der dort steht. Und wenn man dann seinen Bauch nach links und rechts geöffnet hat, dann trägt dieser kleine Napoleon Bilder in sich von seinen eigenen Siegen, und wie er als Sieger auf seinem Pferd reitet, kann man sehen, und es scheint, als hätte man mit dem Bauch den ganzen Körper weggeklappt, und das Bild, das ihm in der Mitte bleibt, mit einer aufgehenden Sonne darauf und dem reitenden Napoleon darunter, ist nur noch eine flache Platte und ist das Einzige, was seinen Kopf noch trägt und die Verbindung zu seinen Beinen herstellt, und man fragt sich, wie einer überhaupt stehen kann, nur so ein flaches Bild in seiner Mitte. Und lieber hätte ich ein solches Figürchen von Robespierre und würde so wissen können, welche Bilder er in sich trägt, oder welche zumindest in ihm vermutet wurden, und ob man zum Beispiel das Gesicht beiseite klappen könnte und sich hinter dem vermutlich unversehrten Antlitz, das das Figürchen nach außen zeigte, ein anderes verbergen würde, eines mit zerstörtem Kopf, ohne Kinnlade und verkrustet von Blut. Oder ich hätte eine Effigies hier, von Robespierre, ein Bild, wie man es früher von den Königen anfertigte, nach ihrem Tod, und das trotzdem nicht das Bild eines Toten war, sondern das einen Lebenden zeigte mit geöffneten Lidern, die Hände erhoben und ein Zepter darin. Ein Bild, das einen Lebenden zeigte nach seinem Tod, dem man eine Krone aufsetzen konnte, um mit ihm durch die Straßen zu ziehen, und das man aufbahrte anstelle des Toten, der ein solches Bild nicht mehr abgegeben hätte. Und hätte ich eine solche Effigies hier, von meinem Robespierre, dann könnte ich vor ihr stehen wie vor einem Bild und könnte sehen, was in ihm gesehen wurde, welches Bild in Robespierre vermutet wurde, das man dann zutage gebracht hat, indem man einen Abguss anfertigte vom Gesicht des Toten und von seinen Händen und die derart gewonnenen Hohlformen seines Körpers mit Wachs auskleidete und daraus das Bild des Toten gewann, das man wieder lebendig machte, indem man es auf eine Puppe aus Weidengeflecht setzte, der man Gewänder aus Seide überzog und den Krönungsmantel umlegte. Doch welchen Mantel hätte Robespierre tragen sollen und welche Krone, nachdem er selbst die Könige abgeschafft hatte und auch ihre Abbilder, nach all dem kann es ein solches königliches Bild von ihm ja nicht mehr geben, und das kann er auch nicht gewollt haben, dass ein solches Bild von ihm bleibt: auf dem Ehrenbett, den Kopf von Kissen gestützt und die Hände erhoben, als wollte er etwas rufen oder Einhalt gebieten, als wäre ihm etwas aus den Händen gefallen. Und Kerzen links und rechts von ihm und ein prächtiger Teppich an der Wand. So ein Bild hätte er nicht abgegeben und sicher auch nicht abgeben wollen, denn er selbst hat ja bloß in einer kleinen Kammer gelebt. Und die Totenmaske, die ich hier habe, die ist das einzige Bild, das von Robespierre bleiben konnte, nach seinem Tod, und das man jetzt anschauen und dann seine Vermutungen anstellen kann, über Robespierre.

Doch ich habe die Vitrine ja seit Monaten nicht mehr aufgeschlossen, und hin und wieder vergesse ich Robespierre sogar, und vergesse auch, wo der Schlüssel liegt, und schaue ihn mir gar nicht mehr an. Er ist dann hier, wie bei anderen Leuten ein Bild an ihrer Wand hängt, im Wohnzimmer etwa oder im Flur, das sie schon völlig vergessen haben, und käme jemand vorbei, sie zu fragen, was drauf ist, so wüssten sie es nicht zu sagen und antworteten bloß, dass sie es dann und dann, in dem und dem Jahr, gekauft oder sogar geerbt hätten, von der Großmutter, und dass sie es als Kind schon immer so gerne angeschaut hätten. Doch sie wüssten nicht mehr, was sie darauf gesehen hatten, und wüssten nur: Hier oder da, an dieser oder jener Wand, da hängt etwas, ich bin damals selbst auf den Stuhl gestiegen und habe den Nagel eingeschlagen, und habe mir auf den Daumen geschlagen dabei, ganz blau geworden ist er, und sie könnten die kleine Delle unter dem schon hundertmal darübergewachsenen Nagel herzeigen, die nur sie noch sehen und sonst niemand mehr. Aber über das Bild, da wüssten sie nichts zu sagen, und sie fänden auch nichts daran, was sie beunruhigt. Nur die lächerliche, die ganz und gar unsichtbare Spur an ihrem Körper, die könnten sie benennen. So wie diese Leute tagtäglich an ihrem Bild vorbeigehen, unter ihm sitzen und fernsehen, ein Brot dabei essen, ein Bier trinken, so gehe ich manchmal, neuerdings immer öfter, an meinem Robespierre vorbei, ignoriere ihn und will gar nicht wissen, was er von mir will.

Schon wieder bin ich bei Robespierre hängen geblieben. Ich trete in den Flur. An seinem Ende sehe ich den systematischen Raum und sehe durch die offene Tür auch schon das Glas mit meiner Schönen Beischläferin, und ich sehe, wie sich das fahle, das nasse Regenlicht in diesem anderen Nassen bricht. Doch noch ist es nicht so weit. Ich muss wenigstens einen Blick in die übrigen Zimmer werfen, auch den Flur noch prüfen, nach links und rechts schauen, auf dem Weg dahin. Der systematische Raum, der ist erst ganz am Ende dran, vorher muss ich noch in das Knochenzimmer. Osteologische Abteilung steht auf dem Schild neben der Tür, darin der Schrank mit den Skeletten, wie die Anzüge hängen sie dort, jedes an seinem eigenen Haken in dem hölzernen Regal, denke ich, oder ich denke es nicht, denn ich habe das ja schon tausendmal gedacht, jeden Tag, immer, wenn ich diesen Raum betrete, schon beim ersten Mal, habe ich gedacht: Wie die Anzüge hängen die Skelette hier. Und deswegen ist das jetzt gar kein Gedanke mehr in meinem Kopf, sondern nur ein ruhiges Wissen, ein Satz, den ich mit mir herumtragen kann, den ich betrachten kann. Ein Satz, der sich nicht mehr verändert und der ganz von selbst zu mir kommt, wenn ich über diese Schwelle trete: Wie die Anzüge hängen sie hier, auf Kleiderbügeln, die rachitischen Kinder und Frauen, die ganz und gar in sich gekehrten Reste von Körpern.

Das Knochenzimmer ist beinahe genauso ein Raum wie der Speicher. Ein Hudelraum. Alles Mögliche findet sich hier: Geradezu der Skelettschrank, links eine Kommode, in den flachen Schubladen die verschiedensten Tierskelette, Präparate und Querschnitte einzelner Knochen, unzählige Gelenke (die Obsession eines meiner Vorgänger, ein Zettel, vorn an der Lade angebracht, weist darauf hin), eine ganze Schublade voller Knie und Hüften und Ellenbogen. Im Regal darüber Kuriositäten, Hudeleien der Natur: ein sechsbeiniges Schaf, hinten zwei und vorne, wie ein Schaufelrad, vier. Ich habe auch eine Ziege, die hat ein Bein zu viel. Und gegenüber in dem Raum, da sind die Kinder: Embryonen, mit Wasserköpfen, ohne Gesichter oder den Mündern bis zum Ohr, der Nase auf der Stirn. Und auch, wenn ihre Augen geschlossen sind, wenn sie gar keine haben und niemals etwas sahen in dieser Welt, so schauen sie mich doch an aus ihren Gläsern und strecken ihre winzigen Hände nach mir aus, und ich kann nicht vorübergehen an ihnen. Also bleibe ich stehen. Ihre tote Haut will ich streicheln, und ich will sie herausholen aus diesen Gläsern, und ich will sie halten. Ich will sie hier um mich haben und nicht vergessen. Und da stehen auch noch die siamesischen Zwillinge, ein Paar habe ich vor Jahren schon heruntergeholt vom Dachboden; sie liegen in ihrem Glas, wie sie in der Gebärmutter lagen, und öffneten sie die Augen, so könnten sie sich anschauen, sie könnten sich Zeichen geben, winken und reden miteinander, sich zuzwinkern, und wäre die Masse, in der sie stecken, nicht so fest und zäh geworden im Laufe der Zeit, so könnten sie sich sogar die Hände reichen, sich, mit einiger Anstrengung, umarmen. Sie hatten Glück, sie sind am Becken zusammengewachsen und können sich ansehen, nur der Fuß des einen drückt auf die Nase des anderen. Auf dem Speicher sind auch noch welche, die auf Schulterhöhe verwachsen sind, mit drei Armen und zwei Beinen. Dem einen, welchem?, haben sie ein A auf die runzlige Stirn tätowiert, als wollten sie sie nicht verwechseln, doch was hätte es für einen Unterschied gemacht? Zwei oder ein Körper in diesem Glas, A oder B, was soll's, sie wären nicht weggelaufen, und: Es gibt ein Hinten und ein Vorne, ein Rechts und ein Links. Sie sind leicht auseinanderzuhalten, der eine ist ja nicht der Spiegel des anderen, das sieht bloß so aus, und das stellt man sich vor, wenn man sie anschaut, dass sie wohl gedacht haben: Ich bin mit meinem Becken an einem Spiegel festgewachsen, aber man denkt ja schließlich auch nicht, dass die eigene Rechte der Spiegel der linken Hand ist. Jede Runzel dieser kleinen Leiber spricht vom Tod, auch die Hände, die, in der Enge des Glases, auf ewig das Auge verschließen; auch die Haut ihrer Rücken, die sich an der Wand des Glases knittert und wellt. Ich habe sie alle hier um mich und kann sie mir anschauen und kann denken an sie, auch wenn ich oben bin, in meiner Kammer, und sie gar nicht sehe, dann weiß ich doch, dass hier sind, dass sie hier unten auf mich warten.

Und früher, da konnte ich auch die Menschen anschauen, bei denen alles richtig sitzt (so weit man das sehen konnte: Ich kann ja nichts wissen von eingewachsenen Fußnägeln oder einem Feuermal auf dem Rücken, dem fehlenden kleinen Finger unter einem ledernen Handschuh, der langen Narbe auf der linken Seite, in der Herzgegend). Als sie noch kamen, die Leute, da konnte ich sie also anschauen, wie sie vor den Vitrinen standen, die Hände hinter dem Rücken und den Rücken gebeugt. Ich konnte beobachten, wie sie kurz zögerten auf der Schwelle, vor jedem Raum. Man sah es ganz deutlich, ein Stocken ihrer Schritte, ein Rucken. Immer wieder blieben sie auf der Schwelle stehen und rissen sich dann doch zusammen und überwanden sich irgendwie und gingen mit festen Schritten auf die Gläser zu, die Hände hinter dem Rücken oder in den Taschen verborgen. Nie habe ich einen gesehen, der die Scheiben der Vitrine absichtlich berührt hat, und stieß einer mit dem Kopf dagegen, so fuhr er erschrocken zurück, als wäre er geradewegs mit der Stirn in der feuchten Masse eines dieser Kindergesichter gelandet.

Und im Raum gegenüber, da sind all die Kinder, die Embryonen, die teratologischen Präparate. Mittags gehe ich meist schnell an ihnen vorbei, den Blick schon geradeaus, auf den systematischen Raum gerichtet. Ein kurzer Blick ins Dunkle: alles in Ordnung. Ich grüße sie zur Nacht, bevor ich später endgültig nach oben gehe. Manchmal, da bleibe ich noch ein bisschen, da gehe ich hinein zu ihnen und setze mich vor einen der Schränke und schaue sie mir an.

Und dann denke ich daran, dass sie so verloren sind für diese Welt, dass sie verloren sind und trotzdem noch da, und dass der Mensch das letztlich nicht begreifen kann, ein solches Verlorensein im Dasein, dass er an einen solchen Gedanken, eine solche Vorstellung ja niemals ganz herankommen kann, der Mensch. Dass der Mensch verzweifeln kann über einem solchen Gedanken, das denke ich, und beim Hinausgehen, da trete ich fest mit dem rechten Fuß auf die lose Diele vor dem hohen, dunklen Schrank, und ein Schwanken und Schwappen geht durch die Gläser. Ein Zittern. Und hier winkt eine kleine Hand, und ein paar Nackenhaare wehen. Ein Auge scheint sich aufzutun.

Ich kann von hier aus, aus diesem Raum, aus dem Fenster schauen. Ich muss nicht drüben sein, im Schädelzimmer, und ich brauche keinen Robespierre zwischen meinen Händen, keine Vitrine, auf die ich mich stütze und die gegen meine Leiste drückt. Ich kann einfach die paar Schritte durch den kleinen Raum gehen, auf das Fenster zu, an allen Knochen und Gelenken, an allen Gläsern und auch an ihren Inhalten vorbei, und vorbei an dem sechsbeinigen Schaf und an den endlosen Tumoren und Wucherungen, die links in einem Schaukasten stehen, vorbei an all dem kann ich auf das Fenster zugehen, mich vor es stellen, neben den Kleiderschrank mit den Skeletten, meine Hände gegen die Scheibe drücken und meine Stirn, die rechte Schläfe, kurz gegen das Fensterkreuz. Ich kann auch meine Hand auf den Fenstergriff legen und ihn zur Wand hin drehen, den Ellenbogen hängen lassen, das Handgelenk locker, jederzeit bereit, das Fenster aufzureißen, den Kopf herauszustrecken, die Arme hinterher. Und wäre es Sommer und ich hätte eine Kirsche in meinem Mund, dann würde ich auch den Kern noch hinausspucken.

Wenn es heiß wäre, jetzt, wenn es Sommer wäre. Wenn ich am offenen Fenster stünde wie vor einem Leib, in den ich ruhig hineinschauen könnte, weil ihn jemand vor mir offen hielte, und die Sonne brennte auf meinen nackten Oberkörper. Wenn es einer dieser Sommer wäre, wie es Sommer gibt, in denen ein Tag dem nächsten träge hinterher schleicht und sonst nichts geschieht. In denen man keine Kinder sieht, auf der langen Straße, überhaupt keine Leute, nur die Stadt kann man sehen, wie sie da so liegt, mit all ihren Straßen und Häusern, den Leuten darin. Und ein paar Autos sieht man am Straßenrand stehen, leer und heiß. Und man hört auch gar nichts, nicht das Rufen der anderen Kinder, keine Musik, nicht einmal das Rauschen der Autos von der nah gelegenen Autobahn. Nur wie die Sonne auf den Teer brennt, das hört man, und wie das Gras im Garten hinter dem Haus langsam versengt, und man hört auch schon, wie der Vater mit der Mutter schimpfen wird, wenn er nach Hause gekommen sein wird: Warum sie den Rasen nicht gemäht habe, so wie er es ihr gesagt habe, am Morgen, als er zur Arbeit ging, als der Garten noch im Schatten lag, da habe er es ihr gesagt, und da hätte sie auch gleich hinuntergehen und das Gras mähen sollen und zusammenrechen und ordentlich wässern. Sie solle doch mal hinschauen, was sie da jetzt hinter dem Haus hätten: eine braune Steppe. Dafür habe er nicht an seinen Wochenenden unten gestanden, den Boden umgehoben, den Rasen gesät, immer wieder alles gewässert, dafür nicht. Den Ventilator im Haus gegenüber kann man hören, und wie eine Tür zuschlägt, und die Schritte des Vaters auf der Treppe. Ein Sommer wie die Sommer, in denen ich mich nicht heraustraute, in diese Hitze und dieses Glühen, und deshalb am offenen Fenster, hinter dem heruntergelassenen Rollo stehen blieb, und dann doch herauswollte und den Kopf in den schmalen Spalt zwischen Fensterrahmen und Rollo zwängte, ihn die Stirn voran auf das Sims legte, die scharfe Kante des Fensterrahmens in der Höhlung oberhalb des Kehlkopfs, eine Stellung, die das Sprechen verunmöglicht und damit auch das Denken, und die mich stumm werden ließ und kühl in dieser Hitze. Und dann dachte ich bloß, oder ich dachte es eigentlich gar nicht, vielmehr spürte ich, wie mein Körper es tat, denken, wie mein eigener Körper also dachte: Regen, wenn es jetzt regnete!, und dann denkt man ja doch, man denkt, dass es tatsächlich stimmt, dass es das gibt: dass sich die ganze Stadt, über die man blickt, auf die man herunterschaut, dass sich diese ganze Stadt hinter all ihren heruntergelassenen Rollläden nach Regen sehnt, nach Feuchtigkeit, nach einer feuchten Höhle knapp unter der Grasnarbe, nach einem Loch, in das man nicht nur seine Hand und seinen Arm bis zur Schulter, in das man auch den ganzen restlichen Leib noch hineinstecken kann; in das man stürzt. Und dann muss nur ein Regen kommen, der auf diesen Leib trommelt wie an eine Tür.

Ich kann es hören, dieses Trommeln. Ich gehe durch den Eingangsbereich und bleibe vor der geschlossenen Tür stehen. Ich höre ein Klopfen. Ich lehne meine Schulter und auch die Hüfte kurz gegen das dunkle, das glatte Holz. Auch den Kopf, die rechte Schläfe lasse ich dagegenfallen. Hier ist es kühl. Habe ich etwas gehört, hat es draußen geraschelt, oder war es nur das Schaben meiner eigenen Haut, meiner Haare an der blanken Oberfläche des Holzes. Und wenn jetzt jemand die Tür aufstieße und mich damit zum Fallen brächte, mit einem kräftigen Schwung, und dann über mir stünde und auf mich herabschaute. Wenn also einer käme und mich lange anschaute und mich dann fragte, oder mehr sagte, als dass er es fragte, wenn also einer, mit einem Unterton in der Stimme, den ich nicht zu deuten wüsste, zu mir sagte: Was ist das denn, das mit der Untendrunterwohnerin. Dann müsste ich mich aufrappeln und wieder zum Stehen kommen, irgendwie, denn so aus dem Liegen heraus, auf dem Rücken liegend, aus solch einer Position würde ich so eine Frage nicht beantworten wollen. Ich würde mich also mühsam aufrichten, die ausgestreckte Hand ignorieren und den anderen dann anschauen, und dann würde ich antworten: Die Untendrunterwohnerin, die ist mir einfach so in den Kopf geschossen, oder nicht geschossen, das ist nicht zutreffend, sie ist einfach hereingekommen, das ist noch gar nicht so lange her, da ist sie mir in den Kopf gekommen, obwohl sie immer nur draußen bleibt, vor meiner Tür, sitzt sie jetzt in meinem Kopf und raschelt und tönt und geht nicht wieder hinaus. Da sitzt sie, mitten in meinem Kopf, und geht nicht wieder hinaus. Das würde ich sagen, und es bliebe mir nichts anderes übrig als eine solche Antwort, wenn einer käme, mich nach der Untendrunterwohnerin zu fragen.

Ich sollte die Tür aufreißen: Vielleicht steht da wirklich die Untendrunterwohnerin. Steht auf der Schwelle, lächelnd und golden, einen Lockenkranz um ihren Kopf. So würde sie da stehen, und ich würde denken: Jedes Lockenpaket scheint einzeln in ihrem Schädel verankert zu sein, bei jedem Schütteln oder Nicken ein einziges Zirpen und Rascheln, wie eine Schachtel voll Grillen, und ich würde mich fragen, wie sich das wohl anhört, in ihrem Kopf. Vielleicht steht also die Untendrunterwohnerin vor meiner Tür und lädt mich zu sich ein. Sie würde mich also ansehen, und dann würde sie sagen, haben Sie nicht Lust, auf mein Fest zu kommen, wissen Sie, ich habe nächste Woche Geburtstag? Das würde sie sagen, und ich würde diese Worte hören, und in mir würde es klingen und tönen. Und mir bliebe gar nichts anderes übrig, als ihr zuzuhören, den Kopf an den Türrahmen zu lehnen, sie anzusehen und ihr zuzuhören. Und dann hätte ich sie drin, in meinem Kopf, dann steckte sie da mit ihrem Gerede und ihrem Geklimpere, und ich bekäme sie dann den ganzen Tag nicht mehr heraus. Hm, hm, würde ich also machen und bedenklich den Kopf hin und her wiegen, ein langer, ruhiger Ton, ein Strom, und dann würde ich sagen, na gut, man könne ja mal schauen. Und dann, langsam nickend, doch, doch, warum eigentlich nicht, man könne ja schließlich nicht immer arbeiten. Nicht immer bloß hier drinnen sein. Dann würde ich mir an den Kopf greifen und sagen:

Gerade jetzt, wo Sie hier so stehen, liebe Untendrunterwohnerin, und dann fiele mir auf, dass ich ihren Namen ja gar nicht weiß, dass ich mir nie die Mühe gemacht habe, auf ihr Klingelschild zu schauen, ja dass ich nicht mal weiß, ob sie überhaupt eines hat, und dass ich sie fragen muss danach, nach ihrem Namen, und dass ich das dann auch tun würde, und sie sagte ihn mir, nur den Vornamen, und ich sagte, Entschuldigung, und dass ich ihn mir jetzt merken würde, und sagte dann, was ich eigentlich sagen wollte, dass mir nämlich, gerade eben, ein Geschenk für sie eingefallen sei. Ich habe ein schönes Geschenk für Sie, würde ich sagen, Sie können es gleich bekommen, wenn Sie wollen, sagte ich, oder erst nächste Woche, wann genau ist der Geburtstag? Aha, am Donnerstag, schön, schön, würde ich sagen, Donnerstag also, da ist ja noch ein bisschen Zeit. Wann wollen Sie denn Ihr Geschenk? Donnerstag früh wäre schön? Sehr gerne, kein Problem, wird gemacht, kommen Sie doch um neun und bringen Sie ein bisschen Zeit mit. Und dann wäre der Donnerstag gekommen, und sie würde geklopft haben, und ich hätte ihr die Tür geöffnet. Und sie hätte da auf der Schwelle gestanden, und ich hätte ihr die Hand gereicht, zum Gratulieren. Ich hätte sie nicht mehr losgelassen, die Hand, und sie wäre mir gefolgt, durch den Eingangsbereich, über den schwarz und weiß gefliesten Boden, durch den kleinen Flur, an allem vorbei, geradewegs in den systematischen Raum. Und da hätten wir gestanden, die Untendrunterwohnerin und ich, Hand in Hand vor meiner Schönen Beischläferin, so wie ich damals mit der anderen gestanden hatte, in der Nacht an diesem anderen Ort, an der Hand die Hand, die ein wenig später, aber in derselben Nacht noch, unter mein Hemd fahren sollte.

Und schauen Sie, hier ist endlich auch meine Schöne Beischläferin, würde ich sagen und die Untendrunterwohnerin immer noch an der Hand halten, schauen Sie, würde ich sagen, sie steht ganz ruhig in ihrem Glas in der Mitte des Raums. Links und rechts von ihr stehen die Kästen mit den Geburtshilfeinstrumenten. Sehen Sie all die Zangen und Schaber, die Metallschlaufen und Schläuche, in deren Mitte sie steht, und sehen Sie, wie ihr Haar sich bewegt? Sehen Sie sich das an, sehen Sie genau hin. Kneifen Sie die Augen ein bisschen zusammen, ja, genau so, würde ich sagen und sie von der Seite betrachten, und sehen Sie sich an, wie ihr Haar sich bewegt, wenn wir durch den Raum auf sie zugehen. Sie steht hier ganz offen vor uns, sie schreckt nicht zurück, und sie bedeckt auch nichts mit ihrer hohlen Hand. Jede Ader können Sie sehen, jedes Organ und auch ihr Gehirn, alle Windungen, und Sie können sich fragen, wo es zuckte, welche Synapsen sich schlossen und welche aufsprangen, damals, vor etwas mehr als zweihundert Jahren, als sie sich über alle Standesgrenzen hinweg entschied, mit dem jungen Medizinstudenten zu schlafen. Und wo sich was rührte, als sie merkte, dass sie schwanger war, und noch bevor er sich aus dem Staub machte, wusste, dass sie nun ziemlich viel verspielt hatte. Und was in ihr loderte, das sie mit dem Wasser des kleinen Flusses zu löschen versuchte, und ob es wirklich das Herz war, das sprang, als sie untertauchte, um nicht mehr emporzukommen. Gehen

Sie um die Vitrine herum, würde ich zu ihr sagen, und schauen Sie sie sich meine Schöne Beischläferin noch einmal von der anderen Seite an. Vielleicht finden Sie hier, auf ihrer fahlen Haut, Spuren von den Händen, die sie aus dem kalten Wasser zogen, an ihren Haaren rissen und an ihrem Kleid, das sie jetzt natürlich nicht mehr trägt, das sie wohl einfach fortwarfen, nachdem sie es durchsucht hatten, nach Geld oder Schmuck, nach irgendetwas, nach einem Zeichen, das sie wohl nicht gefunden haben (sonst hätten sie es aufgehoben, irgendjemandem zurückgegeben, und das auch auf ein Schild geschrieben: Die Unbekannte trug eine Kette mit einem roten Anhänger um den Hals; in ihrer Rocktasche wurde ein kleines Messer gefunden. Sie hätten ein Schild geschrieben oder, wenn sie keine Angehörige gefunden hätten, die Sachen selbst in die Vitrine gelegt). Und vielleicht finden Sie sogar einen Fingerabdruck des Medizinstudenten, der dann noch einmal seine Hand an sie legte, sie für die Ewigkeit zu retten. Jetzt können Sie sich das Kind anschauen, das ganz in diesem ansonsten halben Leib liegt, das sich schon gedreht hatte, den Kopf schon nach unten hielt und immer noch hält, bereit war, und wenn Sie sich fragen, wie konnte das gelingen, wie konnten sie die Mutter aufschneiden wie einen reifen Pfirsich, ihre beiden Hälften gegeneinander drehen und das Kind in ihrem Inneren unversehrt lassen, dann kommen Sie doch ein bisschen näher. Sehen Sie, würde ich sie fragen und ihr dabei meine Hand auf den Rücken legen, sehen Sie die Stiche hier, am Rücken des Kindes, das tatsächlich schon ein Kind ist und kein Embryo mehr, ich würde mit dem Zeigefinger ihre Wirbelsäule entlang fahren, den Nacken hinauf bis zum Kopf, und auch hier, sehen Sie die Stiche an seinem Hinterkopf und an seiner Stirn? Ich legte ihr meine Hand auf die goldenen Locken. Sie haben das Kind nicht aus ihrem Leib geschält wie eine Nuss, sie haben es mit ihr zusammen zerschnitten, als wären sie eins und nicht zwei, was für eine gewaltige Kraftanstrengung, vermutlich haben sie eine Handsäge benutzt und für die Feinarbeit ein scharfes Messer, ein Skalpell, und dann haben sie die beiden Körper aufgeklappt wie ein Buch, und es mag auch so geklungen haben, ein Reißen wie das Brechen von Buchrücken, und dann haben sie das Kind einfach wieder festgenäht, den Rest seiner Mutter fortgeworfen, und wäre es ein paar Jahre später gewesen, dann hätten sie sie in dünne Scheiben geschnitten und auf Glasplatten gezogen, um sie unter ihre Mikroskope zu legen, und auch wir könnten sie jetzt noch so sehen in dem großen Schrank mit den histologischen Präparaten, könnten die langen Platten herausziehen und unsere Hände darauf legen. Doch auch halb war sie noch gut genug, und hätten sie sich anders entschieden, so läge sie jetzt noch immer am Grund des Flusses, oder verscharrt vor den Friedhofsmauern, oder sie hätten sie ganz in das Glas gegeben, und wir sähen jetzt nichts außer ihrer stumpfen Haut, oder sie hätten auch das Kind noch zerschnitten, und wir könnten in den Jungen blicken wie in seine Mutter, und wir könnten auch seine Organe zählen und könnten sie vergleichen mit denen seiner Mutter. Dann lägen Mutter und Sohn gleichermaßen offen vor uns wie ein offenes Gelände, das wir nur betreten können, indem wir es zerstören und unseren

Blick von etwas anderem losreißen. Doch wie kann man eigentlich wissen, ob ihre eine Hälfte genau wie die andere war, und ob nicht überhaupt die Spiegelung ihres halbierten Körpers im Glas der Vitrine diesen viel besser vervollständigte; wie können wir wissen, ob sie nicht ein fürchterliches Mal trug auf der anderen Seite ihrer Stirn, ob ihr nicht ein Arm fehlte, ob nicht irgendein Krebs ihr schon das halbe Gesicht zerfressen und der Medizinstudent sich deswegen für sie interessiert hatte. Die Untendrunterwohnerin wäre noch einmal um das Gefäß herumgegangen und hätte sich nach vorne gebeugt, um die offene Mutter mit ihrem zum Kern gemachten Kind besser sehen zu können, und auf der Höhe ihres offenen Hirns hätte sie ihre Stirn an das Glas gelehnt und sich auch mit den Händen dagegengestützt, und sie wäre nicht zusammengefahren, als ich ihr meine Hand auf den Rücken legte, dorthin, wo meine Schöne Beischläferin ihr Fleisch völlig offen trägt. So, würde ich sagen, das war's, das ist das schönste Stück in meiner Sammlung, und würde ihre Hand loslassen, und sie würde mich anblicken und nicken, und ich hätte auch genickt, und dann hätte ich sie zur Tür gebracht, und dort hätte ich noch einmal genickt, zum Abschied, und ich hätte auf ihr Fortgehen gewartet, das Türblatt schon in der Hand, ein kleines Reißen in der deswegen überdehnten Schulter.

Nachdem sie also gegangen wäre, hätte ich noch einmal nach meiner Beischläferin geschaut. Ich hätte vor dem Glas gestanden, ich hätte mich gespiegelt darin; ich hätte gesehen, wie meine Arme an mir herunterhängen, die Falten, die das Hemd unter meinen Achselhöhlen wirft, hätte ich nur ahnen können, und dann hätte ich wieder an die Andere denken müssen in dieser anderen Zeit, und daran, wie ihre Hand einmal auf meiner Brust gelegen war, und dort einen Takt klopfte, der nicht der Takt meines Herzens war und auch keine Melodie, die ich kannte, und eigentlich nicht einmal ein Rhythmus, sondern bloß ein wildes Klopfen auf meiner Brust, das ich spüren konnte, unter dem Hemd, und hören, und das ich auch hätte sehen können, wenn ich die Augen geöffnet hätte: ein Beben und Zittern unter dem dünnen Stoff meines Hemdes. Doch damals wollte ich die Augen lieber nicht öffnen, und ich wollte ihre Hand auch nicht spüren auf meiner Haut, und auch nicht, wie ihre Finger daran kleben bleiben mit einem kaum hörbaren Geräusch, einem nahezu winzigen Saugen und Schmatzen, wie kleine Tiere blieben ihre Finger in dieser heißen Sommernacht immer wieder auf meiner Brust liegen. Wie Kinderfinger an einer Fensterscheibe, dachte ich ein ums andere Mal: Ich bin eine Scheibe unter ihren Händen, sie hat nicht einmal gehaucht auf mich, da liegt kein warmer Dunst auf meiner Haut. Sie hat nicht gehaucht auf mich, und sie hat auch kein Zeichen hinterlassen, nicht einmal eins, das sie sofort wieder weggewischt hätte oder das von selbst verschwunden wäre. Sie hat nicht die Faust gehoben, einen Stein darin; ich wollte es bloß hören, dieses Trommeln auf meinem hohlen Brustkorb.

Es war gar kein Klopfen zu hören gewesen, es war bloß in meinem Kopf, dass es geklopft hatte. Ich löse mich von der Tür und gehe in den Flur, vorbei am systematischen Raum. Ich habe mir die Begriffe nicht ausgedacht, sie standen schon auf den Schildern neben den Türen, als ich hier zu arbeiten anfing. Ich könnte die Schilder und damit die Namen der Räume austauschen oder verändern, denn ich bin hier niemandem Rechenschaft schuldig, da ist keiner, der mir mit seiner Moral kommen und ausrufen könnte: Was haben Sie sich denn da wieder einfallen lassen, wie soll man sich denn jetzt noch zurechtfinden: Der Verbrecherraum, was soll das denn heißen, das ist doch die Kraniologie oder, wenigstens, die Schädelabteilung, der phrenologische, der rassenkundliche Bereich. Verbrecherraum, was wollen Sie denn damit nur sagen? So jemand käme also nicht, und ich könnte die Namen aus meinem Kopf gefahrlos an die Türschilder der einzelnen Räume schreiben, doch es ist mir gleich, mehr noch, ich gehe gerne durch diese schon benannten Räume und denke mir: Jetzt bin ich, kurz vor dem Tode, mitten in der Embryologie/Teratologie und: Hier, in der Systematik/Topographie steht sie tatsächlich, meine Schöne Beischläferin und: Eigentlich mag ich all diese Worte, und ich nehme sie gerne, so wie sie sind. Es ist mir angenehm, und es fällt mir dann leichter, mich zu orientieren: wenn ich nicht auch noch den Raum abstecken muss, den mein Körper durchmisst, in dem meine Gedanken sich bewegen. Und ich also sagen oder bei mir denken kann: Ich gehe durch diesen Raum, den nicht mein Denken und auch nicht meine Sprache geschaffen hat. Ich gehe quer durch den systematischen Raum zu den beiden großen Fenstern. Hier hat man den klarsten Blick, sagen die

Leute, oder sagten es früher, als sie noch herkamen und dann gar nicht mehr meinen Robespierre und auch nicht den kleinen Napoleon oder was auch immer anschauten, sondern nur aus dem Fenster hinaus, das habe ich noch nie verstanden, warum man irgendwo hineingeht, um dann von dort nur herauszuschauen, wo man doch besser weiter hineinschauen sollte, denke ich, und ich denke, dass heute wohl keiner hinausschauen wollen würde, und draußen sein wollte wohl auch keiner: Es regnet noch immer. Und dass daher heute ein guter Tag für einen Museumsbesuch wäre und vielleicht wirklich jemand kommen könnte, und ich mir eigentlich gar nicht sicher bin, ob mich das freute oder ärgerte, wenn jemand käme, ob heute der richtige Tag dafür wäre. Sonst sieht man Berge von hier aus und den Himmel natürlich, und man sieht den Fluss. Die Stadt liegt in einem Tal, und von überall starren die Berge, winzige Berge, von Weitem besehen, bloß Hügel. Sie liegen ringsherum und zwingen die Stadt in ihre Mitte oder pressen sie aus sich hervor, und beständig denke ich, dass mich diese Berge aufs Unangenehmste anblicken, und das dachte ich schon, als ich das erste Mal hierher kam. Deswegen bin ich froh, dass es heute regnet und ich die Berge gar nicht sehen kann und sie mich auch nicht, sondern nur diesen Strom vor meinem Fenster. Und dass ich ihn auch höre, wenn ich nicht hinausschaue, besonders heute, da er so laut und voll ist von dem ganzen Regen. Manchmal denke ich auch, dass sie nur deshalb so starren, die Berge, weil hier alles so klein ist.

Ich drehe mich weg vom Fenster und schaue mir lieber meine Schöne Beischläferin an. Und wenn es auch von ihr eine Totenmaske gäbe, wenn sie neben meinem Robespierre läge, wenn sie ihr eine abgenommen hätten, bevor sie sie aufschnitten, wenn einer gekommen wäre, in letzter Sekunde, ein Fetzen Pergament mit etwas Wachs darauf oder einen kleinen Eimer voll Gips in seinen Händen, was läge dann in ihren Zügen, was würde man darin lesen können? Könnte man die dicken Strähnen ihres wie nassen Haares einzeln auf ihrer hohen Stirn zählen? Sähe sie aus wie die Maske dieser Unbekannten aus der Seine, deren Fotografie ich einmal in einem Buch sah (L'Inconnue de la Seine, Nr. 112)? Die ich sah in diesem Buch. Eine Weile, nachdem jene andere Hand unter mein Hemd gefahren und dann verschwunden war, nachdem ich selbst diese Hand zum Verschwinden gebracht hatte, habe ich dieses Buch in einem Antiquariat entdeckt, hinter einer der Scheiben, an denen wir in jener Nacht vorbeigestürzt waren. Ein schwarzes Buch mit goldenen Ranken und Blüten auf seinem Rücken, die goldene Schrift des Titels auf rotem Grund tragend und mit einem Stern auf dem Deckel, ein Buch von angenehm großem Format, größer, höher und breiter, schwerer auch, als ein Roman sein würde, und deswegen blickte ich schließlich hinein und entdeckte sie darin und wusste gleich, dass ich das Buch kaufen würde. Und ich trug es nach Hause unter meiner Jacke, und seitdem habe ich es bei mir, und auch jetzt liegt es oben auf meinem Tisch, und ab und an blättere ich darin, es beruhigt mich noch immer, diese ganzen toten Gesichter zu sehen. Nicht, dass sie meiner kleinen

Lehrerin ähnlich gesehen hätte, das nicht, doch der Anhänger mit dem roten Stein, der auf der Brust meiner kleinen Lehrerin lag, der dort bebte und zitterte und sich dann nicht mehr rührte in dieser Nacht, in der sie meine Hand nicht loslassen wollte, diese Kette konnte ich sehen am Hals jener unbekannten Toten. Ich musste ihn mir gar nicht vorstellen: Ich schaute auf ihr Bild, auf diesen Kopf, der beim Hals schon endete, und sah doch ihre bebende Brust und sah den Anhänger darauf tanzen und funkeln, und sah ihre Hand, wie sie sich um ihn schloss und ihn herunterriss und hörte, wie die Kette zersprang. Also kaufte ich das Buch und den Anhänger und eine Kette dazu und ließ beides in meine Tasche gleiten.

Ich hatte sie also in diesem Buch schon gesehen, ihre Fotografie war die letzte vor dem Anhang, in dem sich dann Ungewöhnlicheres tummelte: unglaubwürdige Masken berühmter Toter, auf unglaubwürdige Weise zustande gekommen. Dante findet man da, Shakespeare und auch Robespierre. Meinen Robespierre, den ich dann viel später erst, als mir hier alles schon längst gehörte, in einer der Vitrinen entdeckte. Und als ich ihn so sah, in diesem unerwarteten Umfeld, erneut dachte, dass hierher zu kommen und hier zu bleiben die richtige Entscheidung gewesen war, und das musste ich auch denken: Es war ja die einzige Entscheidung, die ich überhaupt je getroffen hatte. Sie dagegen, die Unbekannte aus der Seine, bietet keinen Anhaltspunkt für den Nachweis einer Täuschung und verdankt ihre Existenz in diesem Buch wohl der ihr unterstellten Unschuld und der schlecht verhohlenen Empörung des Herausgebers über die Dreistigkeit, mit der sie ihre Schönheit einfach genommen und verschwendet hatte, sie hinter sich warf und sie nicht mehr haben wollte, und es doch zuließ, dass ein anderer sie finden konnte und an sich nehmen und nach Hause tragen, sie dort zu betrachten: die Nase lang und spitz unter den kleinen Brauen. Die Stirn hoch und etwas wie Schlick oder Tränen unter ihrem rechten Auge, ein kleiner Stern, der aus ihrem darübergeklappten Lid quillt. Nichts in diesem Gesicht ist sorglos beschwingt: nicht die Lippen, die zwar ruhig aufeinander liegen, nicht der Zug um ihren Mund. Man kann hier, unter der Haut dieser Maske, ihre Muskeln sehen, sie führen wie der Schatten eines Schnurrbarts hinauf zu den Schläfen. Und jeden Moment könnte sie den Mund aufreißen, oder nicht sie risse ihn, sondern etwas in ihr risse diesen Mund auf, und nicht der Unterkiefer klappte herunter wie bei einem Toten, und er hinge auch nicht lose herab wie beim Robespierre, nachdem der Henker ihm seinen Verband vom Kopf gerissen hatte, nein, es wäre die Oberlippe, die sich zur Nase hin öffnete, ein kurzes Blecken der sicherlich ganz und gar weißen Zähne, und dann erst folgte der restliche Mund nach unten und zu den Seiten hin, und sie hielte links und rechts die Hände gegen den derart Mund gewordenen Kopf, damit er nicht zerspränge. Und dann wäre ein Schrei zu hören. Wenn es eine solche Maske von meiner Schönen Beischläferin gäbe, und warum auch nicht, die Zeit war günstig, in der sie in den Fluss ging: Aus keinem anderen Jahrhundert sind so viele Totenmasken erhalten wie aus dem, in dem sie lebte und das sie für ihren Tod wählte. Das habe ich auch aus diesem Buch. Wenn es also eine solche Maske gäbe, dann legte ich sie nicht mit den anderen in die Vitrine, zwischen Napoleon und Robespierre, nein, ich nähme sie mit nach oben, in mein Zimmer, und legte sie dort auf die Kommode, und wenn ich schlafen ginge, denn legte ich sie auf den Boden neben mein Bett oder vielleicht auch auf mein Kissen, und ich summte zum Einschlafen ein Lied für sie. Das vom Maikäfer etwa oder das vom aufgegangenen Mond oder ich sänge die Marseillaise. Wer weiß.

Ich verlasse die Systematik, die Hände hinter dem Rücken. Ich gehe durch den schmalen Flur, vorbei an den 300 Innenohren in dem hohen Glasschrank. Ich bleibe kurz stehen, das ist mein Werk, meiner Hände Arbeit, diese 300 Innenohren, das wird bleiben von mir, das werde ich einmal hinterlassen, das wird mich überdauern, und jeder wird es sehen können: Das ist mein Beitrag zu diesem Ort hier: diese 300 Korrosionspräparate des Gehörgangs vom Menschen und verschiedener Wirbeltiere. Denn das Innenohr, das ist der am schwersten zugängliche Bereich des Hörapparats, und zugleich ist sein Knochengehäuse, das Labyrinth, aus dem härtesten Knochenmaterial überhaupt. Es hat die Dichte von Elfenbein, habe ich gelesen, im menschlichen Körper ist nur der Zahnschmelz aus einem ähnlich harten Material. Es ist im Felsenbein untergebracht, das Innenohr, und in diesem knöchernen Gehäuse liegt das häutige Labyrinth wie seine Replika. Hier, in dieser geheimsten Höhle, bleibt alles hängen: jeder Ton, jedes Schaben und Knistern bleibt hier, und ich stehe davor und schaue hinein, den Weg entlang, den ich selbst freigelegt habe, schaue ich und sehe doch nur meinen eigenen Blick und wie ich mich darin spiegle. Denn in diesen schmalen Weg, in den kann man ja gar nicht schauen, so sehr kann man den eigenen Blick ja gar nicht winden, dass man in all die Ecken und Winkel, in alle Höhlungen schauen könnte, die sich in diesem Labyrinth befinden. Und deshalb musste ich nicht nur die Hörschnecke freilegen und herausschneiden aus dem Fleisch des Kopfes, sondern musste sie auch noch aufschneiden, der Länge nach, mit einem winzigen Skalpell. Und wie konnte ich wissen, ob die Spur, die ich suchte, nicht genau entlang des Schnitts verlaufen war, den ich selbst gesetzt hatte. Und jetzt stehe ich vor diesem Kasten und stünde doch lieber vor einem Haus, den Fuß schon auf der Schwelle, so wie ich oft auf der Schwelle zum Schuppen stand, in dem der Vater arbeitete: Kopf und Schulter gegen das rohe Holz des Tors gepresst, wippte und kippelte ich über den schmalen Balken am Boden, strich mit den Fingerspitzen gegen die Maserung der Tür, auf und ab, bis ein Span sich in der Haut verfing, und um später zu sehen, wie die Mutter die Hand in ihren Schoß legte, sie zwischen den Knien einklemmte, das Handgelenk verschwand in den Falten ihres Rocks, so als wäre es gar nicht mehr meine Hand, aus der die Mutter mit der Pinzette den Span zog, ihn aus der Tiefe meiner Haut riss, die sie zuvor mit einer heißen Nadel ein bisschen angeritzt hatte, als wäre es nicht mein Tröpfchen Blut, das aus der Fingerkuppe quoll, dem die Lippen der Mutter sich näherten. Auf solch einer Schwelle stünde ich gern, oder ich stünde draußen, vor dem Haus, ein Fenster in meinem

Rücken, mit meinem Blick dem eigenen ausgestreckten Finger in Richtung Himmel folgend. Oder ich säße in einem Wirtshaus, ein Glas Bier vor mir auf dem Tisch und die Zeitung, auch das.

Wie kommt der Ton in den Kopf und wie kommt er wieder heraus, oder kommt er gar nicht heraus, sondern sitzt für immer darin, aber wo, und wenn er dort bleibt, warum sammelt er sich mit all den anderen Tönen nicht zu einem gigantischen Getöse, zu einem Getöse, das alles andere übertönt, jedes einzelne Klimpern und Klappern, jedes Ein- und Ausatmen. Aber der Mensch, der muss ja wissen, was er hört und warum und was er zuerst gehört hat, ein Rauschen, die Stimme der Mutter, und was er als Letztes hören wird. Und warum es Töne gibt, Reste von Stimmen, die dann doch irgendwo im Ohr, im Kopf hängen bleiben und dort nicht mehr weg wollen, selbst wenn man sich noch so sehr schüttelt und plagt und mit dem Kopf gegen alle Wände rennt. Wieso bleibt manches drinnen und manches nicht, und manches kommt gar nicht erst hinein. Und wieso manches von Anfang an da zu sein scheint, als wäre es schon vor einem da gewesen. Als hätte es schon gerauscht und getönt in meinem Kopf, bevor es diesen Kopf überhaupt gab. Woher das kommt, dieses Rauschen und Tönen in meinem Kopf, das wollte ich damals verstehen und will es noch immer. Das herauszufinden ist meine Aufgabe und niemandes sonst, darüber habe ich mit keinem gesprochen, und ich habe niemanden dazu befragt, und wie hätte mir das auch gelingen sollen, und was hätte es genutzt, wenn ein anderer darüber nachgedacht hätte. Denn es sind ja bloß meine Fragen, und also kann auch nur ich eine Antwort darauf finden, die kann mir ja sonst keiner geben, eine solche Antwort, die kann nur ich selbst finden, und die kann auch nur ich selbst gebrauchen. Und deswegen habe ich mit meiner Arbeit keinen Beitrag geleistet, zur Wissenschaft nicht und zu sonst auch nichts, und habe auch gar nicht einen solchen Beitrag leisten wollen und daher meine Fragen auch nicht öffentlich gestellt. Und erst dachte ich noch, später, später mache ich das vielleicht, wenn ich mehr weiß und meine Untersuchungen abgeschlossen sind, dann hebe ich die Hand und sperre meinen Mund auf, dann sage ich, was ich zu sagen habe. Da dachte ich, dass ich jetzt noch nicht genug wüsste, dass meine Überlegungen noch ganz am Anfang stünden, dass sich die Dinge unter meiner Betrachtung langsam verändern würden, dachte ich, und dass ich eines Tages mehr in ihnen sehen könnte als nur meine eigenen Fragen, und daher auch mehr würde wissen können. Das war vor meiner Zeit hier, im Anatomiemuseum, das war zu einer Zeit, in der ich bloß nachdachte über diese Fragen, eine Zeit, in der diese Fragen wirklich nur Fragen waren, die vor mir standen und die ich mir anschaute, und keine Dinge, in die ich meine Hände steckte. In dieser Zeit, da las ich viel und schaute in anatomische Atlanten und fertigte auch selbst Zeichnungen an, bastelte dreidimensionale Modelle oder Karten, Pläne, in denen ich mit rotem Stift die Wege eintrug, die, so glaubte ich damals und glaube es auch heute noch, der Ton durch die Höhlung des Ohres in den Kopf hinein nimmt. Ich brachte das alles mit, als ich hierher kam, alle Papiere und Notizen, die Zeichnungen und Atlanten und auch meine Modelle aus Papier. Ich räumte das Meiste in den kleinen Raum über dem Museum, der jetzt mein Zimmer ist, und den Rest, diejenigen Dinge, die ich nicht mehr oder wenigstens nicht jeden Tag und auch nicht jede Woche, sondern nur manchmal noch anschauen wollte, und diejenigen, die ich sogar ganz vergessen wollte, räumte ich auf den Speicher gegenüber, zwischen die anderen mir völlig unbekannten Sachen. Und dann nahm ich die gelungensten meiner Zeichnungen und nahm Kontakt auf mit dem anatomischen Institut, und zuerst schien auch Interesse da zu sein, es gab ja einen Forschungsschwerpunkt an der Fakultät, einer der Professoren hier war besonders interessiert, es gab Tagungen und Veröffentlichungen. Ich vereinbarte einen Termin mit dem zuständigen Professor, einem Herrn Doktor B., und dessen Assistenten, und breitete meine Zeichnungen vor ihnen aus, und sie beugten sich darüber und stützten ihre Hände auf, und ich begann zu sprechen, während sie da so standen, und es war das erste Mal, dass ich über diese meine Aufgabe sprach, und deshalb wusste ich nicht recht, was sagen, wie ich es erklären sollte, und alle Klarheit und jeder Gedanke verschwand mit den langen und immer länger werdenden Rücken (Rücken, fad und lang, denen man das ewige Sitzen am Schreibtisch genauso ansah wie das gebeugte Stehen über Mikroskopen), die die bei den Herren über meine Überlegungen machten, und dem ungeduldigen Zucken der rechten Hand von Professor B. und der abwiegelnden Geste seines Assistenten, und der Sorge, die sich auf dessen Gesicht zeigte und die ich klar zu lesen vermochte:

Hatte man es hier mit einem Verrückten zu tun, einem Esoteriker und, falls dem so wäre, wie sollte man ihn wieder loswerden? Schließlich war man dem Herrn zu einigem Dank verpflichtet, hatte er doch das marode Museum zu einem völlig überhöhten Preis gekauft – man hätte da schon hellhörig werden sollen –, und ersparte mit diesem Kauf dem anatomischen Institut die Entscheidung darüber, was mit all den längst nutzlos gewordenen Präparaten zu tun sei, wie man sie entsorgen solle. All das merkte ich, las es nicht im Gesicht des Herrn Professor B., das Gleichgültigkeit zeigte, sondern sah es im Lächeln von dessen Assistenten und erkannte es auch in dessen schnellen Blicken zur Tür, und Dunkelheit legte sich über meine Gedanken, und ich ließ sie da und rührte nicht mehr daran und schlug einen anderen Kurs ein, plädierte auf meine Laienhaftigkeit, verkaufte meine Gedanken als den Spleen eines zu Geld Gekommenen, der nichts mit seiner Zeit anzufangen weiß, außer diesem amateurhaften Forschen, ja, ja, meine Herren, ich sehe es deutlich an Ihren Gesichtern, was Sie von meinen Überlegungen halten, und Sie haben ja auch vollkommen recht, das hier hat mit der Wissenschaft und auch mit Wissenschaftlichkeit nicht das Geringste zu tun, und ich hätte Ihnen Ihre sicher außerordentlich kostbare Zeit nicht stehlen dürfen, denn worum es sich bei meinen Überlegungen handelt, ist, wie offen auf der Hand liegt, nur der Spleen eines überraschend zu Geld Gekommenen, der jetzt, da er für seinen Broterwerb nicht mehr schuften muss – nicht so wie Sie, meine Herren –, nichts mit seiner Zeit anzufangen weiß, rein gar nichts, und der sich deswegen diesem amateurhaften

Forschen hingibt, einem Hobby letztlich, dem er als Kind schon nachgegangen ist. Und ich erzählte obendrein von einem Erlebnis aus dieser Zeit, aus meiner Zeit als Kind: Wissen Sie, meine Herren, sagte ich, und sagte es nur, weil ich mir zwar den Namen des Herrn Professor B. hatte merken können, aber nicht denjenigen des Assistenten, vielleicht war er mir auch gar nicht vorgestellt worden, doch ich hätte es unhöflich gefunden, nur den einen der beiden beim Namen zu nennen und den anderen etwa mit mein lieber Herr Assistent anzureden, und ich wollte mich auch nicht gleichmachen mit Sicht und Stellung des Herrn Professor B., der sicherlich den Namen seines Assistenten auch immer wieder vergaß, also sagte ich: Wissen Sie, meine Herren – mal den einen, mal den anderen ins Auge fassend –, in der Zeit, als ich noch ein Kind war, da ist mir das immer wieder passiert, dass ein Satz sich in meinem Kopf verfangen hat und dass dieser Satz dann dort geblieben ist, in meinem Kopf, sich dort hineinwühlte und dort bohrte und arbeitete. In der Zeit, als ich noch ein Kind war, da konnte es mir also passieren, dass solche Sätze in meinem Kopf herumtönten, so lange, bis sie gar keine Sätze mehr waren und ich auch keine Worte mehr in ihnen erkennen konnte, es konnte passieren, dass sie so lange in meinem Kopf wüteten und tönten, bis letztlich nur noch ein einziges Rauschen von ihnen blieb, ein unverständlicher Reim, ein Summen und ein Sausen. Und ich erzählte den beiden Herren auch, dass es in der Zeit, als ich noch ein Kind war, oftmals die Stimme meiner Mutter war, die einen solchen Satz, ein solches Klingen und Tönen in meinen Kopf hineingesetzt hatte. Und dass ihr das selbst bestimmt gar nicht bewusst war, und dass sie das wohl auch nicht gewollt hatte, dass ihre Worte und Sätze so endlos und unverständlich in mir rauschten. Und sie das auch nicht wusste, dass ich sie letztlich gar nicht verstehen konnte, diese Sätze von ihr, die meistens Verbote waren, und dass jedes *Nein, du bleibst hier* und jedes *Nein, lass das liegen* und jedes *Nein, komm jetzt herauf* sich zu einem hellen Klingen und Rauschen wandelten, das zwar schön war und das ich gerne hörte, das ich mir stundenlang anhören konnte und das ja auch tat, denn so lang hielten sich ihre Sätze in meinem Kopf, das ich aber nicht verstehen konnte, dieses Rauschen, und ihm daher auch nicht Folge leistete, bis sie es nicht mehr aushielt, mein Verlorensein in ihren Tönen, dieses Verlorensein, von dem sie ja gar nichts wusste und das ihr fremd erscheinen musste, aus dem sie mich herausholen wollte und mich deshalb anschrie, bis ich in diesem Schreien dann endlich ihre Stimme und auch die Worte hören konnte und sie verstand und handelte danach. Und einmal, so sagte ich zu den beiden Herren, zum Herrn Professor B. und auch zu seinem Assistenten sagte ich das, einmal, da hätte mich dieses Sausen und Tönen der mütterlichen Sätze in meinem Kopf beinahe das Leben gekostet. Und ich erzählte, wie ich hinaustrat auf das Eis, jenes unkenntliche Bild meiner Mutter im Kopf und Worte, die ich nicht zu deuten wusste, und ich erzählte, wie mein sich drehender und schwingender Körper ein Loch in das Eis getrieben hatte, in das ich dann stürzte, und dass dieses Loch im Eis eine Entsprechung gehabt habe in meinen Kopf, dass jeder dieser Sätze meiner Mutter ein solches Loch, eine leere Bahn in meinem Kopf geschrieben habe und damit oftmals genau das Gegenteil von dem erreicht habe, was er eigentlich bezwecken sollte, so ein mütterlicher Satz, und ich deshalb heute, um nicht verrückt zu werden über diesen Gedanken an all die Löcher und Gruben in meinem Kopf, den Wegen nachgehen müsse, die der Ton einer Stimme im Kopf hinterlasse, und dass ich dies auch tue und weiterhin tun werde, mit den Mitteln, die mir hier im Museum zur Verfügung stehen. Dass mir gar nichts anderes übrig bleibe. Und dass es da natürlich noch eine andere Geschichte gebe, das erzählte ich auch, eine Geschichte von wesentlich größerer Tragweite, doch dass diese Geschichte zu sehr ins Private hineinreiche, als dass ich sie in einer solchen Runde erzählen könnte, und dass ich also, auch ohne dass die beiden Herren diese Geschichte kennten, um ihr Verständnis bitten müsse, für meine Forschung und alles, was ich hier sonst noch tue. Und der Herr Professor B. nickte dazu, und sein Assistent tat es ihm gleich. Und während diese beiden so nickten, da musste ich an eine Stimme denken, und ich dachte an einen Schrei. Und ich dachte, dass es einen Schrei gibt, den ich nie gehört habe, der auch nicht geschrien wurde auf dieser Welt, und ich dachte, und das denke ich auch heute noch oder denke es jetzt wieder, nachdem ich lange nicht daran gedacht habe, dass es schließlich doch dieser Schrei ist, der mich umtreibt und dem ich nachgehe. Doch davon sagte ich den beiden Herren nichts und vergaß diesen Gedanken auch selbst wieder. Und kehrte zurück zu meinen Ausführungen und zum Nicken der beiden Herren, und durch dieses Bekenntnis rettete ich mir meine Ruhe und die

Möglichkeit, weiterzuarbeiten, wie ich glaubte. Und der Herr Professor B. brachte sogar ebenfalls Hinweise auf Erlebnisse in seiner eigenen Kindheit zustande, und auch hierzu nickte der Assistent. Ich spendete außerdem etwas von dem Geld, das immer noch reichlich vorhanden war, und sie waren mir ja sowieso verpflichtet, das wusste ich, weil ich das Museum gekauft hatte und so – eine Weile wenigstens noch – vor dem Verfall bewahrte, und nur aus diesem Grund überließen sie mir überhaupt die Schädel, die sie nicht mehr gebrauchen konnten: hauptsächlich von Hunden und Katzen, sie schienen da keinen Unterschied zu machen, es spielte keine Rolle für sie. Ab und zu jedoch war auch ein Affe dabei oder gar ein Menschenkopf.

Aber vor mir, da liegen ja gar keine Köpfe mehr, denn ich stehe ja hier, vor diesem Kasten, in den ich hineinschauen kann, aber mir wäre es lieber, wenn er nicht aus Glas wäre und auch die Innenohren darin nicht so offen lägen und wieder in den Köpfen wären, aus denen ich sie herausgenommen habe, damit er, dieser dann wieder geschlossene Kopf oder dieser Kasten wenigstens, meinem Blick gegenüberstünde und ihn zurückgeben oder abweisen könnte, damit alles, was jetzt offen ist, was ich geöffnet habe, verschlossen wäre vor mir, und vor mir stünde wie ein Haus, das ich nicht kenne, mit mir fremden Bewohnern.

Ich habe sie alle selbst präpariert, habe die Ohrmuscheln nach vorne geklappt, wie ich es in den medizinischen Büchern gesehen und seitdem immer wieder an meinen eigenen Ohren geübt und dann mir selbst beigebracht hatte, ich habe also die Ohrmuscheln nach vorne, zum Gesicht hin geklappt und straff gezogen, manchmal habe ich sie auch festgeheftet, damit ich beide Hände frei hatte, den Schnitt hinter dem Ohr gesetzt und so die Ohrmuschel hinter mir gelassen, habe Hammer und Meißel genommen, habe die Schädel geöffnet, das Felsenbein zertrümmert, immer tiefer hinein in den Kopf habe ich geschnitten und immer vorsichtiger gearbeitet, bis ich dann schließlich die kleine Schnecke sah und sie freilegen konnte. Ich suchte ja die Stelle, an der jede Stimme eine Spur hinterlässt im Kopf des anderen. Ich suchte nicht den Ton, das war mir schon klar, dass man den nicht würde finden können, ich suchte nur dessen Spur, denn einen Abdruck muss er ja hinterlassen in der hohlen Bahn, durch die ein solcher Ton gewordener Rest einer Stimme unter Umständen jahrelang rollt und kollert, so meine eigene Erfahrung: bei jedem Beugen oder Rucken des Kopfes innen so ein hohles Gekollere. Und dieses ganze Getöse und Gelärme, das kann ja nicht spur los vorbeigehen, da muss ja irgendetwas bleiben davon, das muss doch selbst den härtesten Knochen irgendwann angreifen und etwas dort hinterlassen: einen Kratzer, einen Riss, einen feinen Abrieb, nur durch das Mikroskop erkennbar. Doch ich habe nichts gefunden außer dem Gehörgang und den Schnitten, die ich selbst gesetzt hatte. Und dieser Gehörgang, der ist ja schon bei den Embryonen angelegt, und den kann man in jedem Anatomieatlas sehen und es war auch kein Unterschied auszumachen, zwischen dem Gehörgang eines Hundes oder einer Katze, eines Menschen, zumindest nicht in dem Hinblick, der mich interessierte, es war nicht zu erkennen, ob da einer ein glückliches Leben gehabt hatte oder ein trauriges und worin dieses Glück oder Unglück bestanden, wie es sich ausgeprägt hatte. Und vielleicht hätte ich einen anderen Weg wählen sollen, das denke ich heute, vielleicht kann das Auge, dieses immer nur und immer tiefer Hineinsehen ja gar nichts nützen, wenn ich etwas über den Ton, über das Hören herausfinden will. Vielleicht hätte ich Experimente an lebenden Objekten machen müssen, am Menschen. Ich hätte einige Schallwellen aussendende und empfangende Apparate bauen und sie direkt in den Gehörgang der Menschen einbringen sollen und hätte so etliche Diagramme gewonnen, die ich hätte vorzeigen und aus denen ich auch hätte ablesen können, welchen Weg der Ton nimmt durch den Kopf. Und dass es Stimmen gibt, die haltbarer sind als andere, die schon von Anfang an da sind und auch nicht verschwinden. Doch das weiß ich ja schon, und wusste es auch die ganze Zeit: dass manches bleibt und manches geht. Denn ich kann nur arbeiten, wenn ich schon das Ende sehe, ich muss immer das Ganze überblicken können, ich muss schon wissen und sehen, worauf alles hinauslaufen wird, was das Ergebnis ist, das ich dann aufschreiben werde. Ich muss vor allem Anfang schon wissen oder wenigstens wissen können, wenn ich die Augen öffne, woran ich mir den Kopf stoßen, gegen welche verschlossene Tür ich schließlich laufen werde.

Und jetzt ist auch meine eigene Tür verschlossen, und ich sollte doch noch einmal nach vorne gehen, sie zu öffnen, einen Blick nach draußen werfen und schauen, ob nicht irgendwer, ob nicht die Untendrunterwohnerin auf meiner Schwelle steht, oder wenigstens ein Ohr daran halten und horchen, ob sie da ist, ob sie zu mir nach oben gekommen ist. Denn ich kann sie hören: Sie singt ein Lied, dass ich nicht kenne oder das ich nur von ihr kenne, sie hat es schon oft gesungen. Immer morgens singt sie es, und ich frage mich, und frage mich das schon länger, seitdem ich sie zum ersten Mal gehört habe, frage ich mich das: was sie tut bei diesem Singen. Ob sie in ihrer Wohnung herumgeht, ich kann ihre Stimme mal lauter hören und mal leiser, ich habe versucht, ihr nachzugehen. Es will mir nicht gelingen. Ob sie also da unten herumgeht, so wie ich hier oben herumgehe, und nach dem Rechten sieht, ob sie Staub wischt, die Gardinen beiseiteschiebt, die Fenster öffnet. Ob sie die Sachen zusammensucht, die sie braucht, um das Haus zu verlassen. Oder geht sie nur von Raum zu Raum, setzt sich mal hierhin und mal dorthin und singt dabei. Ich kann es hören, ihr Singen, und kann mir denken dabei, oder es mir vorstellen, dass sie eigentlich für mich singt, und dass nicht ich es bin, der ihr nachzugehen versucht, sondern sie mir nachgeht, und dass nur deshalb dieses Einander-Nachgehen so schnell zu einem Stillstand kommt: weil wir einander nachgehen. Und dann kauere ich hier oben auf den Knien, auf den abgelaufenen Holzdielen und spüre das auch, wie mein Körper hier liegt, meine Schläfe und mein Jochbein, meine Unterarme, die Oberseiten meiner Füße und natürlich mein Ohr, meine Ohrmuschel, liegen auf dem harten Boden auf, wenn ich nach der Untendrunterwohnerin horche. Und wenn ich meinen Kopf ein bisschen wende und hebe, geht ein Ziehen durch meinen Rücken, vom Nacken abwärts, und vor mir steigt die Vitrine mit den Innenohren auf, von hier aus betrachtet ist sie riesig, sie wächst aus dem Holzboden empor: Wie ein Tier steht sie vor mir, ruhig. Auf sicheren Füßen. Mein Blick geht entlang an dem polierten Eschenholz hinauf zu den gläsernen Böden, darauf die Innenohren, die geschnitzte Bekrönung darüber sehe ich schon nicht mehr. So lag ich auch früher schon, kniend, die Brust auf den Oberschenkeln, die Oberschenkel auf den Waden, die Schienbeine auf dem Boden, die Arme mit den Handflächen nach oben, eng neben dem Körper, lag ich auf dem Boden meines Kinderzimmers und horchte nach der Mutter, die in der Küche sang. Vielleicht steigt sie ja auch auf einen Stuhl, vielleicht steht sie da unten im Flur auf einem Stuhl, den Kopf im Nacken steht sie auf diesem Stuhl, die Augen geschlossen und singt, hier zu mir nach oben.

Und damals, als das anfing mit den Sektionen, als ich begann, die Innenohren selbst zu präparieren, da habe ich jeden Schädel geöffnet, als wäre er der erste, habe in ihn hineingeschaut, als blickte ich zum ersten mal ins Hirn eines anderen, auf der Suche nach seinen inneren Vorgängen, nach Vorgängen, die niemand sieht und von denen der Tote selbst nichts wusste, und die aufzudecken und zu beschreiben sich dann lohnen würde. Aus denen man etwas würde lernen können. Die Schädel bekam ich von der anatomischen Abteilung der medizinischen Fakultät, manche auch von der Veterinärmedizin, der Pathologie, und mit den Schädeln kamen auch die Studenten, die sie mir brachten und dann hier herumstanden. Sie trugen die Schädel in einer Kühlbox unter dem Arm oder ließen sie in einer Tragetasche neben sich baumeln, einer Tragetasche von der Art, wie man sie auch im Supermarkt bekommen kann, wenn man ein tiefgefrorenes Stück Fleisch gekauft hat und schon weiß, dass man damit so bald nicht würde nach Hause gehen können, weil man noch dies oder jenes andere zu erledigen hat, oder, falls man doch rechtzeitig nach Hause käme, dort keine Gefriertruhe hätte, nicht einmal einen Kühlschrank, und dass es Sommer wäre und man das Fleisch, auch wegen der Hitze, erst am Abend würde essen wollen, und man es daher in eine Tiefkühltüte packte. In so einer Tüte schwangen die Studenten die Schädel neben sich her. Manchmal kamen sie zu zweit, und der eine oder andere blieb dann auch und schaute mir über die Schulter, während ich mir, am Tisch in meinem Zimmer, dort arbeitete ich am liebsten, den Weg ins Innere der Köpfe bahnte. Sie standen hier herum und gingen nicht mehr weg, und ich wusste nicht, wie ich sie loswerden sollte, doch mein Zimmer ist ja kein anatomisches Theater, und das war es auch damals nicht, allein von der Größe her ist es nicht auf mehr als eine Person ausgelegt, und ich hatte – wie das in früheren Zeiten üblich gewesen wäre – ja auch niemanden eingeladen, nicht den Bürgermeister und auch sonst niemanden aus der Oberschicht, und eben auch keinen Studenten. Ich hatte kein Billett geschrieben, mit Ort und Datum, mit einem Totenschädel darauf, das das Spektakel angekündigt hätte. Nur die Untendrunterwohnerin, die hätte ich, wenn ich sie da schon gekannt hätte, wenn alles ein bisschen früher gewesen wäre und die Dinge sich anders ergeben hätten, vielleicht gerne dabei gehabt, ihr hätte ich eine Einladung geschrieben und in der Nacht unter dem Türspalt durchgeschoben. Liebe Untendrunterwohnerin, hätte da gestanden, jetzt, wo Sie schon meine Schöne Beischläferin kennen und all die anderen Dinge, die hier um mich sind, jetzt lade ich Sie ein, auch meinen Blick mit mir zu teilen. Deswegen nämlich hätte ich sie gerne bei mir gehabt: damit sie sehen kann, was ich sehe.

Meist waren die Schädel schon offen und leer, die Kalotte abgenommen, das Hirn draußen. Ich konnte hören, wie die Studenten hinter meinem Rücken sich Zeichen gaben und lachten und sich fragten, warum ich die Sache nicht von der anderen, der inneren Seite her in Angriff nahm, so, wie sie es gelernt hatten und es sich auch anbot. Doch was hätte ich da schon finden können: nichts, was ich nicht auch im anatomischen Atlas sehen konnte. Was ich suchte, war der Weg des Tons, ihm musste ich folgen, von draußen nach drinnen. Und daher nutzten mir die ausgeschlachteten Köpfe des anatomischen Instituts recht wenig, und die Studenten nutzten mir noch weniger, und so begann ich, mir selbst Material zu besorgen, und ging in die Tierheime der umliegenden Gemeinden und nahm Hunde mit und große Katzen. Ich nahm die Tiere mit mir, führte sie an einem Strick oder trug sie auf dem Arm, und legte sie auf meinen Tisch und schlug ihnen den Kopf ab, das Blut schoss aus ihnen heraus. Und so arbeitete ich, nachdem die Studenten schon längst fort waren, und mit ihnen die Reste der Schädel und die Plastikboxen und Tüten und auch alles Rascheln und das unterdrückte Lachen, so arbeitete ich, völlig allein, oft bis tief in die Nacht hinein, und nur an frisch getöteten Tieren, denen ich zuvor eine geheime Losung ins Ohr gegeben hatte.

Ich habe ihnen immer das Gleiche gesagt, immer den gleichen Spruch, denn es genügte und verfälschte meinen Anspruch schon aufs Schlimmste, dass sich ein Parameter änderte: das Tier, in dessen Ohr ich sprach. Und nicht einmal, dass es immer wieder ein anderes Tier derselben Gattung oder wenigstens Rasse gewesen wäre, nein, jedes Tier war immer völlig anders als das vorangegangene, und auch immer wieder von anderem Geschlecht: Katzen und Hunde, Hasen, Meerschweinchen, einmal sogar eine Ente. Also sagte ich immer wieder und auch mit der gleichen Betonung, wie ich hoffte: *Nein, du bleibst hier, bei mir, du gehst nicht nach draußen.* Und ich sagte den Satz auch vor mich hin, wenn kein Tier und auch sonst niemand in meiner Nähe war, wenigstens einmal am Tag sagte ich ihn, damit ich seinen Rhythmus nicht vergäße und nicht die Wendung am Ende. Damit es derselbe Satz bliebe. Dann nahm ich das Skalpell, nahm Hammer und Meißel und machte mich auf die Suche, grub mich tief hinein in die Köpfe, begann ungefähr im hinteren Drittel des Felsenbeins mit seinem sehr vorsichtigen Aufmeißeln. Doch nirgendwo, in keinem der Tiere, konnte ich eine Spur meiner Stimme entdecken, nicht den kleinsten Rest eines Tons; nichts von dem konnte ich finden, was ich in meinem eigenen Kopf fühlte, wenn jemand zu mir sprach. In diesen Tierköpfen konnte ich sie nicht finden, die Löcher und Gruben, die die Stimme meiner Mutter in meinem Kopf hinterlassen hatte und die ich noch heute dort spüre. Und so musste ich vermuten, dass es vielleicht an meinem Kopf lag, dass mein Hirn, mein Gehör völlig anders funktionierte als das Gehirn, das Gehör der übrigen Menschen und Tiere. Oder ich musste annehmen, dass es meine Stimme war, dass meine Stimme nicht in der Lage war, Töne auszusenden, die sich in eines anderen Kopf halten konnten, die sofort, kaum waren sie ausgesprochen, den Gehörgang und damit natürlich den Kopf meines Gegenüber wieder verlassen, herausrutschen, vielleicht sogar ungehört, ohne eine einzige Spur zu hinterlassen, wer weiß, und dann hätte ich natürlich auch denken müssen, dass es ein anderer Grund war, dass es an meinem eigenen Kopf lag, und ich hätte denken müssen, dass es etwas Besonderes war mit diesem Kopf, der die Sätze in ein Rauschen verwandelt, das dann nicht mehr herauskann aus dem Kopf, und dass nur ich ein solches Rauschen überhaupt hören kann, ein solches Klingen und Läuten, wie ich es auch jetzt wieder höre. Das hätte ich dann denken müssen, und natürlich hätte ich dieses Problem ausschließen können, ich hätte einen der Studenten bitten können, wenn sie sowieso schon einmal da seien und hier herumstünden, mir doch wenigstens zu helfen, bitte, könnten Sie nicht diesen Satz oder einen anderen für mich sprechen, einige Male, und ich habe es auch versucht, nicht so direkt, das nicht, aber ich habe ein paar Mal, immer wenn ich wusste, einer der Studenten würde kommen, einer, der mir ein bisschen geduldiger zu sein schien als die anderen, würde kommen, mir ein paar alte und da schon völlig nutzlose Schädel zu bringen, wenn ich also wusste, gleich träte ein solcher Student hier ein, in mein Zimmer, dann habe ich die Tiere leben lassen und sie in improvisierten Käfigen gehalten, hatte ein paar Katzen da, die um die Stuhlbeine schlichen, einmal habe ich sogar einen Hund unter dem Bett angebunden, und dann habe ich mich schwerhörig gestellt, und als der Student dann etwa sagte: Guten Tag, hier bringe ich mal wieder einen Schädel für Sie, dann habe ich immer, selbst ganz laut, gefragt, wie bitte, ich versteh Sie heute gar nicht, junger Mann, und dann musste der Student seinen Satz noch einmal und lauter wiederholen, und das tat er meist auch, und das gab mir wiederum die Gelegenheit, erneut nachzufragen, und das tat ich dann, und eine Zeit lang ging es so hin und her, und ich konnte hoffen, dass sich der Satz des Studenten in irgendeinem der herumschleichenden Köpfe würde halten und noch dazu meine eigene Stimme übertönen können. Ein höheres Risiko konnte ich nicht eingehen, das hätte die Untersuchung und auch mich hier gefährdet, ich konnte keinen der Studenten und auch keine Studentin bitten, denn die kamen sowieso nicht hierher, zu mir, niemanden konnte ich also bitten, einem der Tiere immer wieder den gleichen Satz ins Ohr zu sagen, nicht zu flüstern, sondern einfach geradeheraus zu sagen: Selbst wenn er es zunächst getan hätte, mit einem Kopfschütteln hinter vorgehaltener Hand, irgendwann hätte dieser oder ein anderer Student sich gewundert, wohin die Tiere verschwinden, nachdem er ihnen die Losung ins Ohr gesagt hat, und sicher hätte er nicht nur sich gefragt, sondern, im besten Falle, auch mich, und dann hätte ich ihm antworten müssen, schon ahnend, dass er dieses Wissen nicht gerne mit mir würde teilen wollen, und noch an diesem Abend oder wenigstens am nächsten Morgen zum Herrn Professor B. oder dessen Assistenten gerannt wäre oder, schlimmer noch, gleich zur Polizei, um diese unangenehme Verantwortung wie einen Klumpen Dreck von sich abzuschütteln.

Und der Mantel von Robespierre, wenn ich den hier bei mir hätte, seinen Todesmantel, den hellblauen Frack mit dem hoch umgeschlagenen Kragen, dann könnte ich sehen, dass der auch dreckig war und über und über mit Blut besudelt, und dass das natürlich nur sein Blut war, das Blut von Robespierre, das die ganze Nacht lang aus der immer wieder aufreißenden Wunde, die sein Gesicht schließlich war, herausgeflossen ist und auf den Kragen seines Mantels getropft, und auch auf die da sicher schon offene Schleife seines Hemds und seinen Hals herunter bis auf die Brust, in der das Herz noch schlug, dass also nur sein eigenes Blut ihn so besudelt hatte, das wüsste ich dann auch, und wüsste zugleich, dass ja nicht dieses eigene Blut der Grund war, warum Robespierre sterben musste, und dass auch unter seiner Hand so viele Köpfe abgeschlagen wurden, aus denen das Blut dann herausschoss, und dass es doch nicht seine eigene Hand war, die die Köpfe abschlug, und dass es auch nicht Blutdurst war, was ihn antrieb.

Es pocht in meinem Ohr, das ist mein eigenes Blut, ich höre es rauschen und tosen. Wenn ich einatme, knarzt es, das sind die alten Dielen, und es raschelt, das ist der Stoff meines Hemdes, der über diese Dielen schabt und auch über meine Haut, die noch warm ist. Das alles kann ich hören, doch sonst höre ich nichts, sonst ist es völlig still: Die Untendrunterwohnerin hat zu singen aufgehört, ich kann sie nicht mehr hören, ihr Singen nicht und auch nicht ihre Schritte. Was tut sie, da unten, ist sie überhaupt noch da, hat sie das Haus schon verlassen oder steht sie noch immer auf dem Stuhl oder steht bloß der Stuhl noch da, auf dem sie eben gestanden hat. Und wenn sie dort ist, wenn sie diesen Raum unter mir noch nicht verlassen hat, was tut sie dann dort, hält sie die Augen geschlossen oder schaut sie zu mir hinauf? Und wäre ein Loch im Boden, klaffte unter mir ein Loch auf, ein Spalt nur, durch den sie dann und auch ich hindurchschauen könnte, dann könnten wir einander schauen sehen. Oder sie stünde hier hinter mir, weil ich die Tür offen gelassen hätte und sie von mir unbemerkt hier hereingekommen wäre, dann sähe sie mich, wie ich auf dem Boden kauere, den Kopf noch immer auf den Dielen, den Rücken lang. Und dann legte sie sich zu mir, sie kniete sich neben mich auf den Boden, nähme die gleiche Lage ein wie ich, den Kopf zu mir gekehrt, die Augen offen, läge sie so nah, dass wir den Atem des anderen warm im eigenen Gesicht spüren könnten, dass wir uns ansehen und nach einander greifen und uns bei den Händen halten könnten. Doch es klafft kein Loch auf vor mir, und auch die Tür ist zu, ich habe sie vorhin selbst geschlossen, mit der Hand, die jetzt hier so offen neben mir auf dem glatten Boden liegt. Ich spüre des Gewicht meines Kopfs auf diesem Boden und auch, wie das Blut da hineinfließt. Und auch wenn es wehtut, ist mir das angenehm: Ein bisschen bleibe ich noch liegen.

Einmal, da kamen die beiden Herren, der Herr Professor B. und sein Assistent, mit einem dritten Herrn, einem Emeritus, der hier noch im Krieg geforscht hatte und nun gerne, kurz vor seinem Tode, noch einmal seine Präparate anschauen wollte. Und dann stand er vor der Vitrine mit den siamesischen Zwillingen, hat das Glas darin gleich entdeckt. Stand da, atmete, ging noch einen Schritt auf die Vitrine zu, lehnte erst die eine, dann die andere Hand und kurz darauf auch die Stirn gegen die, wie ich wusste, kühle Scheibe. Er sah nicht, wie in seinem Rücken der Herr Professor B. und sein Assistent erleichterte Blicke wechselten, und auch nicht, wie sich der Herr Professor bedeutungsvoll an den Kopf tippte. Wahrscheinlich sah er nur die siamesischen Zwillinge, wie sie sich anblickten und zuwinkten und wie ihre Haut sich gegen das Glas wellte, und sah auch die Tätowierung auf der Stirn des einen, und sah dann vermutlich seine eigene Hand, wie sie dieses Mal auf den Kopf des damals sicher noch lebendigen Kindes schrieb, und sah vielleicht auch das andere sich noch winden, und sah es zappeln und sah dann gar nichts mehr: Er stürzte auf den Schrank zu, als hätte ihm jemand in den Rücken geschossen. Ein kurzer Schrecken, dann bäumte er sich nach vorne, presste den mächtigen Bauch, seinen ganzen Leib gegen das Glas und rutschte dann an der Scheibe der

Vitrine entlang nach unten, hinterließ dort, auf dem Glas, eine feuchte Spur, hockte noch kurz am Boden, ein Speichelfaden spann sich vom Glas herüber zu seinem Mund und blinkte in der plötzlich hereinfallenden Sonne, und als er riss, der Spuckefaden, fiel der Emeritus nach hinten um, vor die Füße der beiden anderen Herren, blieb dort liegen und war offenbar tot. Ich ging hinter ihnen vorbei zur Vitrine und sah deutlich die Speichelspur des alten Mannes an der Scheibe und sah auch mich darin. Ich lehnte mich dagegen, ich glaubte zu spüren, wie die Fasern meines Hemdes den Speichel aufsogen, ich beseitigte die Spur durch ein leichtes Hin- und Herrucken meines Körpers.

Und es ist immer noch derselbe Körper, den ich auch jetzt spüre und mit dem ich hier liege, auf dem Fußboden im Flur, vor der Vitrine mit den Innenohrpräparaten, und dessen rechtes Ohr ich jetzt noch einmal fest gegen die Dielen drücke, mit dem ich noch einmal mein Blut rauschen höre und sonst nichts. Es ist noch immer still da unten. Ich stehe wieder auf. Mir ist ein bisschen schwindlig vom schnellen Emporkommen, und ich muss mich an der Vitrine abstützen. Halte mich an der hölzernen Eckverkleidung fest, um keine Fingerspuren auf dem Glas zu hinterlassen. Mein Blick fällt hinein, ich beuge mich noch ein bisschen weiter nach vorne, schaue genauer hin: Schon längst habe ich aufgehört damit, mit dieser Arbeit, lange schon ist diese Vitrine hier verschlossen, und ich gehe bloß vorbei an ihr, und nur manchmal, so heute, schaue ich hinein und erkenne meine Arbeit darin, und erkenne mich und erinnere mich, wie alles gekommen ist und wie es zu Ende gegangen ist und warum. Und heute, da sehe ich nicht nur meine Arbeit hinter dieser Scheibe, ich sehe auch mich darin, das Licht fällt günstig, ich sehe kaum etwas von den Innenohren, ich trete einen Schritt zurück: Sie werden völlig überdeckt von meiner eigenen Gestalt. Ich sehe mich ganz, meinen Kopf und die Haare darauf, darin die Brille, ich sehe meinen Kopf und den Hals aus dem Kragen hervorstechen, wie meine Schultern abfallen, sehe ich, ich habe meine Hände hinter meinem Rücken verknotet, ich löse sie und verschränke sie vor der Brust, ich lehne mich mit der Schulter gegen die Wand und stelle das eine Bein vor das andere und stelle die Fußspitze des vorderen auf, ich schiebe die Hüfte leicht zur Seite, als schöbe ich einen Stapel Papier von der einen Ecke meines Schreibtischs auf die andere, denke ich, eine ganz leichte Bewegung, die auch nicht wehtut. Ich kontrolliere noch einmal meinen Stand und blicke dann nach vorn, auf mein Spiegelbild: Jetzt könnte einer kommen, ein Foto zu machen, die Hüfte ist noch schmal, mein Gesicht sieht angenehm unklar aus, man erkennt die Falten kaum, um die Nase herum liegt ein Schatten, ebenso unter den Augen. Nur die Haut des Unterarms zeichnet sich vor dem dunkelblauen Hemd klar ab. Sie hängt etwas herunter. Ich nehme die Hände wieder hinter den Rücken und trete einen Schritt nach vorn. Denn das bin ich ja auch, diese knöcherne Reihe, die hier vor mir in der Vitrine liegt, das bin ich als Mensch, und darin kann ich mich erkennen. Und ich will dieses Bild jetzt sehen und nicht die Augen verschließen und zurückschrecken davor. Und ich bin auch das andere: das Unförmige, aus dem ich dieses Knöcherne herausgeholt habe, das Fleisch und die Windungen des Gehirns darunter und alle Muskeln und Sehnen, alles Weiche. Das ist die Kehrseite meines Gesichts und auch die Kehrseite dessen, als das Robespierre mich anschaute und immer wieder anschaut. Denn wo die Totenmaske des Robespierre dieses schreckliche Bild darunter, das sein eigentliches Gesicht ja schon längst war, verdeckt und verschließt, etwas anderes daraus macht und dieses andere auch bewahrt wissen will, genau da, jenseits der Grenze, die das Gesicht darstellt und die im Falle von Robespierre schon völlig zerstört und aufgerissen war, jenseits dieser Grenze lebt ja und zerfällt das Fleisch. Und so wie mein Robespierre mich aus seiner Vergangenheit heraus anschaut und mir damit etwas sagt, über mich, so schaut mich auch das Fleisch an, das ich jetzt um die Präparate herum gar nicht mehr sehen kann, das gar nicht mehr da ist, das schon längst verrottet ist und verfault und trotzdem beständig zu mir sagt: Schau hin, denn das bist du, genau das, was am weitesten entfernt ist von dir, das, was das Unförmige ist, das bist du.

Und dann fiel plötzlich alles von mir ab, das Nahe und auch das Ferne, alles, von dem ich dachte, dass es letztlich nur der Erforschung meines eigenen Inneren diene und so irgendwie einem niemals zu nehmenden, einem unmöglichen und gerade deshalb durch und durch privaten Blick zurück gliche, fiel ganz von mir ab und lag da vor mir wie der tote Emeritus, den ich in aller Ruhe betrachten konnte und dem ich gerne die Hand aufs Gesicht gelegt hätte, sie eine Weile dort hätte liegen lassen und auch mein eigenes Gesicht noch dazugelegt hätte und in dieser Stellung gerne kurz verharrt wäre, denn es wäre niemand gekommen, ihm seine Totenmaske abzunehmen. Und nähme sie doch jemand, es wäre eine Maske, die niemand würde haben wollen, denn es gäbe nur eines, was man auf ein Schild hätte schreiben können: Totenmaske des Emeritus, gestorben im Anblick einer Tat, die ihn überdauert hat und heute noch sichtbar ist. Und würde ich dann und wann ein paar Besucher hier haben und würden sie mir zuhören, so könnte ich, nachdem ich mit ihnen durch das ganze Museum und vorbei an Robespierre und an der Schönen Beischläferin, vorbei an den Innenohren gegangen wäre, dort die Führung beenden; ich könnte mit ihnen vor der Vitrine stehen bleiben, selbst noch einmal einen langen Blick hineinwerfen, dann beiseitetreten, die Zuhörer auffordern, das Schild neben der Maske zu lesen, abwarten, bis sich bei dem einen oder anderen eine Frage auf der Stirn abzeichnet. Die Leute halten bei solchen Gelegenheiten mit ihren Gesichtern nicht hinter dem Berg, sie ziehen die Nase kraus und die Ohren hoch, legen die Stirn in Falten, einen Finger an die Lippen, und ihr ganzes Gesicht wird ein Fragezeichen: Sie wollen gefragt werden, was sie denken, um doch bloß die Schultern zu heben und auf eine Antwort zu warten. Ich selbst müsste also bloß kurz auf eine derartige Regung in einem der Gesichter warten und dann sagen: Ja, ja, tatsächlich, so spielt das Leben, seltsam, nicht wahr? Und Sie können sie sogar sehen, meine Damen und Herren, hier, neben der Totenmaske des alten Emeritus – gestorben in diesem

Raum vor nicht einmal zehn Jahren, genau dort, wo Sie jetzt stehen –, Sie können das ruhig glauben, meine Liebe, ich war dabei, und ich habe ihm auch die Maske abgenommen. Hier also, in der Vitrine neben ihm steht sie, seine Tat, und ein paar Reste von Fleisch haben sich noch gehalten an ihr, und wenn Sie sie genau anschauen, dann können Sie sie vielleicht erkennen, denn dann blickt sie Sie an, und Sie können den Blick plötzlich nicht mehr abwenden von ihr. Er selbst, der Emeritus, hat es so kommen lassen, von Anfang an hat er das zugelassen: dass seine Tat ihn überdauert, das dachte ich zu Anfang, kurz nach seinem Tod, nachts, wenn ich die Vitrine abschloss, und das denke ich auch heute noch, wenn ich hier vorbeikomme, die andere Vitrine, meine ich, die, in der sich mittlerweile all die Innenohren befinden: meine Arbeit, aufgegeben oder zu Ende gebracht in dem Augenblick, als der tote Emeritus den beiden Herren vor die Füße fiel und ich den Blick nach draußen richtete, einfach so aus dem Fenster schaute, bei dem ich gerade zufällig gestanden hatte, oder doch nicht ganz zufällig, denn schließlich war ich selbst dahin gegangen, und niemand hatte mich gedrängt; ich erinnere mich noch: Ich bin da hingetreten, vor das Fenster, damit der Emeritus einen besseren Blick hätte auf die Vitrine, und als dieser genug gesehen hatte, habe ich aus dem Fenster geschaut, ein Schlagabtausch: Der Emeritus schloss die Augen, und ich wendete den Blick, es geschah beinahe in derselben Sekunde, nur eine minimale Verzögerung lag zwischen seinem Schließen und meinem Schauen; eine Bewegung, die den gesamten Raum erfasste, quer durch den Raum ging, als bestünde eine geheime Verbindung zwischen uns beiden, als wäre mein Kopf über ein kompliziertes Zugsystem mit dünnen Fäden an den Lidern des da sicherlich schon toten Emeritus gebunden gewesen, habe ich meinen Kopf weg von diesem, hin zum Fenster drehen und die Stirn gegen das Glas lehnen und an die Dinge denken müssen, die dahinter sind, die draußen sind.

Ich stehe im Flur und blicke nach vorn, in den Eingangsbereich. Hier war ich gerade schon, und auch sie war da, die Untendrunterwohnerin, sie stand auf der anderen Seite der Tür, die ich nicht geöffnet habe. Und hätte ich schon vorher hier gestanden, hier, wo ich jetzt stehe, am Fuß der Treppe, ich hätte sehen können, wie ich meine halb offene Hand gegen die Türlaibung gehalten habe, das hätte ich sehen können, und ich hätte vielleicht auch sehen können, an einem kurzen Zucken meiner Nackenmuskulatur, einem Flattern in der kleinen Grube, wo mein Kopf auf dem Hals aufsitzt, an einem solchen Reißen hätte ich es sehen und erkennen können: dass ich lieber etwas anderes gehalten hätte als nur diese offene Hand von mir weg. Doch ich stehe nicht mehr vor dieser Tür, ich stehe im Flur, und ich halte die Hände immer noch hinter dem Rücken: Falls ich überraschend falle, will ich mich nicht abfangen können. Wenn ich falle, dann mit dem Gesicht voran. Ich stehe hier und blicke vor mich hin und horche nach der Untendrunterwohnerin. Alles ist still. Die Vitrine ist schon lange abgeschlossen, die Sammlung vollständig, und ich füge auch jetzt nichts mehr hinzu und nehme auch keins der Präparate heraus und frage mich bloß manchmal, so auch jetzt, wo ich nach der Untendrunterwohnerin lausche, ob hinter dem Glas die Losung wohl noch zu hören wäre, ob ein Raunen durch die Vitrine ginge, ein Wispern, ob sich der Satz oder sein Ton wenigstens irgendwo außerhalb meines Kopfes bewahrt hätte, und jetzt lehne ich doch meinen Kopf gegen die Scheibe, löse den Griff in meinem Rücken und stütze mich mit den Händen ab, damit ich mein rechtes Ohr, das eben noch am Boden lag, nahe an das Glas heranbringen kann, damit ich es hören kann, falls es darin raunt, damit ich meine eigene Stimme, falls sie darin noch irgendwo ist, sagen hören könnte: *Nein, du bleibst hier, bei mir, du gehst nicht nach draußen.*

Und mir kam der Gedanke, dass der Emeritus mit diesem ruhigen Vorgang seiner Hände, mit denen er erst dem einen der beiden ineinander verwachsenen Kinder einen Buchstaben auf die Stirn schrieb und dann beide in dieses enge Glas gleiten ließ, so dass sie auch für einen unkundigen Betrachter noch erkennbar wären, in ihrer Besonderheit: dass sie einander für immer gegenüberliegen und dass sie sich niemals hätten aufrichten und gehen können, geradeaus nicht und auch nicht voneinander fort, dass er mit diesem Arbeiten seiner Hände, die dann den Alkohol zugaben und das Glas verschlossen, dass er mit diesem Vorgang ja nicht nur das Nicht-voneinander-fortgehen-Können der Zwillinge für immer festgehalten hat, sondern auch sein Zutun dazu, dass er sein Handeln hat äußerlich werden lassen und für die Welt sichtbar. Dieser Gedanke, der ließ sich nicht mehr von der Hand weisen, er ließ sich auch auf mein eigenes Leben übertragen und auf alles, was auf mich bezogen gewesen war, mein Handeln, das, von dem ich dachte, dass es letztlich nur der Erforschung meines eigenen Inneren diente und so irgendwie einem niemals zu nehmenden, einem unmöglichen und gerade deshalb durch und durch privaten Blick zurück gliche, einem Blick in Zeiten, die ich selbst gesehen habe, all das fällt jetzt endlich ganz von mir ab und liegt da vor mir wie der tote Emeritus. Und jetzt kann ich das alles betrachten, auch diesen langen Gedanken eben, kann es mir anschauen und in einen Satz fassen, diesen Satz da oben, der niemals in seiner Gänze in meinen Kopf gepasst hätte, der sich dort nicht festhaken würde, auch jetzt nicht, der, verließe ich mich allein auf meinen Kopf, da sofort wieder herausfiele, nur kürzere Sätze haben dort Platz: So könnte etwa allein der ruhige Vorgang seiner Hände dort kreisen, der Rest wäre schon verloren. Und weil das so ist, wie ich jetzt erst weiß, habe ich wohl damals, ohne das schon so genau zu wissen oder auch nur wissen zu können, mit meiner Suche aufgehört. Ich erkannte mich also in des Emeritus Tat, das war die ganze Sache, ich erkannte mich in einer fremden Tat. In einer Tat, die ihn bis dahin, ohne dass er es wusste, am Leben gehalten und ihn und auch mich dann überstiegen hatte. Ich habe in dieser Nacht die restlichen Innenohren fertig präpariert, es waren nicht mehr viele. Ich habe sie beschriftet und in den Schrank geräumt: Ich habe versucht, mich bei keiner Ordnung aufzuhalten, und auch versucht, sie nicht schön zu finden. Ich habe einfach eins nach dem anderen da hineingestellt und habe, als alle drinnen waren, den Schrank abgeschlossen, und dann habe ich mich umgedreht und bin die vierundzwanzig Stufen nach oben, in mein Zimmer gegangen, habe mich dort auf mein Bett gelegt, habe mein Hemd nicht ausgezogen und auch die Hose nicht, habe die Speichelspuren des Emeritus weiter im Rücken gehabt und sie da auch gespürt, habe selbst die Schuhe angelassen und versucht, eine Entscheidung über mein Leben zu treffen. Es gelang mir nicht. Ich schloss die Augen und schlief ein. Und am nächsten Morgen stand ich auf und tat, was ich seitdem jeden Tag, bis vor einem Monat etwa, getan habe: Ich stand auf, ging hinunter auf die Besuchertoilette, wusch mich, ärgerte mich, zog mich an und ging noch weiter hinunter, ins Museum, wanderte herum. Schaute nicht hin zu den Innenohren, ging lange an ihnen vorüber, und auch wenn ich die Scheiben polierte, schaute ich sie nicht an. Den Lappen in der Hand sah ich bloß ihn auf dem Glas kreisen, und sah meine eigene Hand, wie sie den Lappen hielt, und sah auch die Spiegelung meiner Hand in der dann sauberen Scheibe. Und sonst sah ich nichts.

Und auch jetzt wünsche ich mir, dass diese Scheibe hier vor mir keine Scheibe wäre, sondern eine Wand, und dass ich nicht hindurchschauen könnte, durch sie, dass sie das, was hinter ihr liegt, vor meinem Blick verbergen würde, dass sie meinen Blick abweisen wurde und ich meine Augen schließen könnte, die Hände zu benutzen. Dass ich dann meine Hände auf sie legen könnte wie auf einen Leib und sie dort liegen lassen könnte. Und dann müsste ich die Augen nicht mehr verschließen, ich könnte sie öffnen und offen halten, und die Dinge wären nicht verloren für mich: Denn dann könnte ich da weiter hinschauen auf diesen Kasten und wüsste doch nichts anderes von ihnen, als dass sie da drinnen sind, meinem Blick entzogen. Dass sie da drinnen sind und ich sie nicht sehen kann. Und wenn sie nicht so hoch wäre, die Vitrine, sondern ein bisschen niedriger und dafür etwas länger, und wenn sie auf keinem Sockel stünde, sondern flach am Boden, wenn sie also wirklich ein Kasten wäre. Wenn sie dann da so mehr vor mir läge, als dass sie steht, dann könnte ich auf sie hinabblicken und mich zu ihr niederknien. Oder ich legte mich selbst auf diesen Kasten.

Denn auf einem solchen Kasten, da habe ich schon einmal gelegen, das ist schon lange her, dass ich auf diesem anderen Kasten lag. Er war etwas kürzer, als ich es war, meine Füße hingen herunter, und auch mein Kopf stand über, der Nacken schabte über die lederbespannte Kante, mein Hinterkopf schlug an das harte Holz, über das schon unzählige Kinderhände gerutscht waren, an dem ich selbst ein paar Jahre zuvor immer wieder gescheitert war: an diesem Kasten, an seiner kalten Lederhaut und an seiner Länge, die ich jetzt mühelos überragte und über die ich auch hätte springen können. Öffnete ich die Augen, konnte ich aus der Backsteinwand schräg hinter mir den Basketballkorb ragen sehen. Und über mir ragte meine kleine Lehrerin auf, die mir gar nicht klein zu sein schien, in diesem Moment nicht und auch später nicht, die, obwohl sie ganz in diesen Kasten gepasst hätte, obwohl ich sie dort für immer hätte verstauen können, in diesem Kasten, doch groß war über mir. Ein ruhiger Schatten war sie über mir. Wollte ich sie anschauen, musste ich den Kopf etwas heben und ihn auch in dieser Spannung halten. Das schmerzte im Nacken, und also unterließ ich es und ließ den Kopf nach hinten fallen und hielt den Blick weiter zwischen der kahlen Decke der Schulturnhalle und der Wand hinter mir. Ich schloss endlich die Augen und umfasste sie, mit meinen Händen, mit meinen Armen hielt ich sie an mich, ich hielt sie über mir, mit meinen Händen und Armen hielt ich sie und hielt mich auf diesem Kasten fest. Ich spürte die Lederhaut unter mir, und das spüre ich noch heute: wie diese tote Haut unter mir plötzlich nicht mehr kalt war, und wie meine eigene Haut darauf lag, das spürte ich, und sie klebte an dieser anderen Haut; als wären sie miteinander verwachsen, klebte meine lebendige an der toten Haut dieses Turnkastens, und für jede Bewegung, jedes Rucken und Zucken meines Körpers musste ich mich losreißen von dieser Haut. Und auch die andere, die Haut meiner Lehrerin, klebte, wie sie an mir klebte, das spüre ich, ihre warmen Finger auf meiner Brust, und ich spüre auch das: wie nichts mehr kühl war um mich herum und auch nichts trocken. Und wie ich sie dann nicht gehen lassen wollte, das spürte ich und spüre es noch heute, wie ich sie an mich halte und wie sie sich doch löst von mir. Und wie dieses sanfte Sich-Lösen einem Schlag gleichkommt, das spüre ich noch, diesen Schlag: ein schneller Schlag mit dem Lineal auf ein Paar Hände, das ich ihr selbst und völlig freiwillig hingehalten hatte. Und ein Zerspringen war in mir, ein Bersten, und ich hörte diesen Satz: *Nein, du bleibst hier, bei mir, du gehst nicht nach draußen.* Und ich war es, der ihn sagte, und während ich mich noch diesen Satz sagen hörte, mit einer Stimme, die scharf war und die ich nicht kannte, da wusste ich schon um dieses Sich-Schließen meiner Lippen, dieses krampfhafte Sich-Spannen meiner Mundwinkel, und ich spürte auch das: wie sich meine Zähne in das Fleisch meiner Lippen gruben, wie sich meine Augen kurz schlossen und wieder öffneten: wie mein Gesicht hart wurde und sich dennoch öffnete in diesem Hartwerden, wie ein Riss durch es ging, es ein Krater wurde, eine Schlucht, in die jeder stürzen würde. Und da war ich bloß noch dieses Schließen und Anspannen, dieses Beißen und Sich-Öffnen, dass ich nicht selbst vorgenommen hatte, genauso wie nicht ich selbst diesen Satz herausgebracht hatte, von dem ich nun wusste, dass sie ihn trotzdem gehört hatte, diesen Satz, und dass sie es auch gesehen hatte, wie mein Gesicht für einen kurzen Moment seine Fassung verlor, und ich sah ihren Blick auf das, was dahinter lag, und ich spürte ihr Zurückschrecken davor, und sie legte ihre Hand in dieses Offene, das mein Gesicht war, und es schloss sich davon nicht.

Und jetzt stehe ich vor meiner Vitrine, hier im Flur, die ja gar kein Kasten ist und die auch nicht verschlossen ist vor mir. In die ich hineinsehen kann, und das tue ich auch: Ich schaue in sie hinein, und ich wünsche mir, diese Vitrine wäre ein solcher Kasten, und meine kleine Lehrerin wäre hier, sie läge darin, in diesem Kasten, der meine Vitrine nicht ist, sie läge darin, mit allem, was in ihr war. Und wäre sie hier, bei mir, meine kleine Lehrerin, wäre sie nicht fortgegangen von mir, ich legte mich auch jetzt noch dazu, nach all diesen Jahren würde ich mich immer noch zu ihr legen. In diesen Sarg, der hier vor mir steht. Doch ich kann ja dorthin gar nicht mehr gelangen, in diesen Kasten nicht und auch nicht mehr darauf, und was ich damals in meinen Händen hielt und was erschien über mir, was sich über mich beugte, als sich meine kleine Lehrerin über mich beugte, das konnte ich damals nicht fassen und fasse es auch heute nicht, und ich konnte es nicht halten.

Wie sie vor mir stand, ein paar Wochen später, wie sie mich anschaute und packte, nicht bei der Hand packte sie mich, sondern knapp darüber, am Handgelenk, und sie riss mich hinter sich her. Vom Schulhof weg und durch die ganze Stadt zog sie mich, wir blieben nicht stehen. Und ich rannte hinter ihr her, den ganzen Weg rannte ich und stolperte, Schlieren zogen über meine Augen. Ich hörte das hohle Schlagen und Klopfen ihrer Absätze auf dem Asphalt, und hörte, wie es dumpfer wurde, dieses Schlagen, wie es schließlich ganz verstummte, und das höre ich noch heute, dieses Klopfen und Schlagen, dieses Dann-dumpfer-Werden und Verstummen. Das höre ich auch jetzt: wie es still ist um mich. Wie es damals still wurde und ich aufblickte und sah, dass wir gar nicht mehr in der Stadt waren, dass hier keine Straßen mehr waren und keine Häuser, dass kein Licht über uns schien, um uns nur ein dunkles, ein feuchtes Grün. Und dann schaute ich sie an, und ich sehe sie noch heute. Sie steht hier vor mir. Ich kann sie sehen. Und ich höre sie auch: Ich krieg ein Kind, sagte sie, und sie sagte, dass sie das aber nicht haben wolle, in sich drin, in ihrem Bauch, von niemandem wolle sie ein solches Ding in ihrem Bauch haben. Und von mir schon gar nicht. Und dass ich mir nun etwas einfallen lassen müsste, das sagte sie, dass ich etwas unternehmen müsste, dagegen, da ich es ja gewesen sei, der es dort hineingebracht hat. Und ich hörte ihr zu und blickte dabei hoch, in das Grün über mir und dahinter, da wusste ich einen Himmel, an dem sich nichts zeigte. Und ich sagte, gut, dann muss es eben weg. Und dann fasste sie mich noch einmal an, statt sich abzuwenden, wie ich es erwartet hatte, hielt sie mit ihrer Linken meine Hüfte umfasst, wendete den Kopf ab und schob ihre Rechte unter mein Hemd. Dort begann sie zu klopfen. Mit ihrer kleinen, jetzt kühlen Hand klopfte sie auf meiner Brust herum. Und da wusste ich, dass ich sonst nichts mehr von ihr bekommen würde, nichts als dieses Klopfen und Trommeln ihrer rechten Hand, keinen Kuss und kein Wort und sonst auch nichts. Und ich wusste, dass dieses Klopfen keinen Einlass begehrte, dass sie nirgendwo hineinwollte damit, und schon gar nicht in mich. Denn so hatte ich sie auch früher schon trommeln hören, während der Diktate, und auch später noch, bei mündlichen Abfragen, und auch vor ein paar Monaten hatte sie mit ihren etwas zu kurzen Fingern genau so auf die Tischplatte geklopft, während sie mir die mündliche Abiturprüfung abnahm. Und daher wusste ich, dass dieses Klopfen ganz und gar nichts bedeutete und dass es auch nicht mir galt, sondern allein ihr und der Zeit in ihrem Leben, die sie für vertan hielt.

Es hat geklopft, ich kann es hören. Es klopft noch immer. Ich gehe quer durch den Eingangsbereich und über die kühlen Fliesen, schau mir nichts mehr an, drehe mich nicht mehr um. Ich gehe mit langen Schritten geradewegs auf die Tür, auf das Klopfen zu. Dass ich mich überhaupt noch so bewegen kann, mit einer solchen Schnelligkeit, und dass ich auch nur ein bisschen außer Atem gerate dabei. Das Klopfen höre ich nicht nur in meinem Kopf, da bin ich mir jetzt sicher, dass dieses Klopfen nicht schon immer in meinem Kopf sitzt, sondern dass es jetzt klopft, in diesem Moment, in dem ich das hier denke. Dass dieses Klopfen in der Welt ist, ausgelöst von der Hand meiner Untendrunterwohnerin, wie ich hoffe. Es ist schon Abend, und sie hat tatsächlich geklopft, und ich habe es gehört. Ich bin jetzt direkt vor der Tür und bleibe dort stehen, die Hand schon auf der Klinke. Ich lehne meinen Kopf an die dunkle Oberfläche, er ist mir so schwer plötzlich, der Kopf, und er tut mir auch weh. Vielleicht bin ich doch zu schnell gelaufen eben. Dieser Schmerz ist ein helles Läuten in meinem Kopf, das ich nicht hören will und das ich auch jetzt nicht mehr höre, denn ich höre etwas anderes. Ist das ihr Atmen oder nur das Ziehen und Arbeiten des alten Holzes, aus dem dieses Türblatt ja gemacht ist? Was, wenn ich die Tür jetzt öffnete? Stünde sie wirklich hier, auf der Schwelle, und hinter ihr, auf dem Treppenabsatz, wäre es da schon dunkel? Denn hier drinnen bei mir, hier scheint kein Licht mehr, ich bin ja im Dunkeln noch einmal durch die Räume gegangen, ich habe da oben gesessen an meinem kleinen Tisch, ich habe das Licht nicht angemacht, ich habe da gesessen, als wartete ich auf sie, als wüsste ich, dass sie noch kommen würde. Dass etwas geschehen würde heute. Ich bin wieder hinunter gekommen. Es ist dunkel im Flur, doch wenn ich die Tür jetzt öffnete, dann sähe ich sie trotzdem: Sie hielte den Kopf gerade und schaute mich an. Sie schaute mich an, und ich schaute zurück, und plötzlich müsste ich mich mit der einen Hand, der rechten, am Türrahmen festhalten, mich abstützen und mir mit der anderen auch noch an den Kopf greifen. Denn einen solchen Blick von ihr, der geradewegs hier herein und auch in mich hinein fiele, einen solchen Blick könnte ich heute wohl nicht ertragen. Ich stützte den Ellenbogen also am Türrahmen ab, legte meinen Kopf in die Hand, und dann löste ich die Kopfhand wieder und deutete auf ihn, den Kopf und auf meine Stirn. Ich würde darauf deuten, und sie würde das verstehen oder hätte es schon längst gewusst: dass da etwas wächst in mir, das bald heraus muss. Ich lehne meinen Kopf an die Tür, sie ist immer noch da, meine Untendrunterwohnerin: Ich könnte jetzt etwas sagen zu ihr, und sie würde mich sicher hören, durch das spröde Holz der Tür hindurch, und könnte mir dann antworten, und so könnten wir miteinander sprechen. Das würde mir gefallen, so mit ihr zu reden, ein paar Worte hin und her zu geben, also wage ich es: Was wollen Sie, sage ich leise zu ihr. Sie antwortet nicht. Vielleicht hat sie mich doch nicht gehört. Wer weiß. Ich drehe mich um, lehne mich an die Tür, ja, ich lasse mich langsam an ihr herunterrutschen, mit dem Rücken zur Tür sitze ich jetzt, den Kopf im Nacken, und schaue durch meine halbgeschlossenen Lider in den Eingangsbereich und den dunklen Flur hinunter. An seinem Ende sehe ich es leuchten: Da ist meine Schöne Beischläferin und wartet auf mich. Ich neige meinen

Kopf, er rutscht mir zur Seite weg. Aus dieser unbequemen Position wiederhole ich meine Frage: Was wollen Sie? Sie antwortet nicht. Habe ich sie bloß gedacht, auch beim ersten Mal, habe ich nur gedacht, dass ich etwas zu ihr sagen würde, und dieser Gedanke ist dann in meinem Kopf hängen geblieben und hat dort getönt und gewütet, so laut, dass es mir vorkam, ich hätte ihn ausgesprochen. Vielleicht ist sie schon nicht mehr da, vielleicht ist sie gar nicht da, oder sie überlegt noch, was sie mir antworten könnte: Sie fragen, wie einer fragt, der gar keine Antwort hören will, das würde sie wohl sagen. Wie einer, der immer sitzen bleiben will, auf dieser Schwelle, vor der geschlossenen Tür, und der nicht wissen will, was dahinter ist, der sich eingerichtet hat, in dieser vorweggenommenen Trauer, und der auch noch sagt: Alles, was ich dahinter sehen könnte, sähe ich nur durch den Verlust hindurch. Etwas in dieser Art würde sie wohl sagen, ich höre, wie sie das sagt, und ich nicke dazu, ich kann gar nicht mehr aufhören mit dem Nicken: Es ist schön, einen Kopf auf seinen Schultern zu haben, mit dem man ein bisschen nicken kann.

Es klopft noch einmal. Was sie bloß will. Ob sie mit mir nach draußen gehen will, ob sie mich mit sich nehmen will, hinaus in die Stadt? Ob sie nach meiner Hand greifen und mich hinter sich her ziehen würde, erst über die Schwelle, dann die Stufen hinunter und dann aus dem Haus heraus und aus der Stadt? Ob sie gleich sagt: Was ist, sollen wir ein bisschen nach draußen gehen? Und ich denke, dass das ein guter Vorschlag von ihr wäre und dass es auch der richtige

Zeitpunkt wäre für ein solches Unternehmen. Und ich denke, dass ich genau da hin muss: hinaus aus dem allen hier, aus dem Haus und aus der Stadt. Ich würde nicht zögern, mein kleines Zimmer, und auch das große, das Museum, zu verlassen, und ich würde mich auch nicht umdrehen. Nach nichts würde ich mich mehr umdrehen. Ich würde nicht zögern, mit ihr zu gehen, und ich würde wissen, dass ich nicht zurückkommen werde.

Wir würden durch die Stadt laufen, Hand in Hand, über Straßen und Plätze, kämen an Menschen vorbei, an Schaufenstern. Und wie ich so an der Hand der Untendrunterwohnerin ginge, da müsste ich plötzlich an meine kleine Lehrerin denken und wie ich an ihrer Hand gegangen bin. Und an die Hand meiner Mutter würde ich denken müssen, an die ich ja immer denke, die ja immer auftaucht vor mir, diese Hand. Und ich würde denken, dass die Hand meiner kleinen Lehrerin von einer ganz anderen Beschaffenheit gewesen ist als die Hand meiner Mutter und auch die der Untendrunterwohnerin. Und dass diese Lehrerinnenhand kühl war und glatt und völlig abgeschlossen, würde ich denken, und dass sie in meiner gelegen hat wie ein feuchter Stein, das dächte ich auch. Dass sie nicht offen war und auch nicht rau. Und daran, dass ich seither an niemandes Hand mehr gegangen bin, auch daran würde ich denken müssen, dass die kühle Hand meiner kleinen Lehrerin die letzte Hand war, die ich gehalten habe. Und dass sie mich nicht mehr losgelassen hat, diese Hand, und dass dieses Nichtmehrloslassen genauso ein Schlag war wie ihr Aufstehen und Fortgehen von mir, ein paar Wochen zuvor, und dass sich mit ihrem Festhalten an meiner Hand, das mehr ein Krallen war als ein Festhalten, dass sich mit diesem Krallen in meine Hand ja etwas anderes gelöst hat in meiner Lehrerin, und ich denke, dass ich derjenige war, der es aus ihr herausgelöst hat, und ich denke, dass meine Lehrerin, zu diesem Zeitpunkt und schon lange davor, gar keine Lehrerin mehr war. Meine nicht und überhaupt niemandes Lehrerin. Dass sie nur noch ein Gesicht war, weiß zwischen weißen Laken und dann eine Hand, die nicht mehr kühl war, sondern kalt, und die mich nicht losgelassen hat. Ich lasse mich zur rechten Seite kippen und gehe auf alle Viere, mein Blick geht an den Muskelmännern entlang. Sie sind immer noch da. Unerschütterlich. Ich richte mich langsam auf und stehe vor ihnen, ich schaue ihnen direkt in die Bauchhöhle hinein. Hier will ich nicht bleiben. Ich drehe mich um und gehe durch den langen Flur auf den systematischen Raum an seinem Ende, ich gehe auf meine Schöne Beischläferin zu. Sie ist da und wartet auf mich, zu ihr will ich hin. Den ganzen Weg lang kann ich sie schon sehen. Jetzt stehe ich in der offenen Tür, jetzt bin ich bei ihr. Jemand ist die Treppe heraufgekommen, ich spüre es an der Erschütterung der Dielen. Jetzt klopft es an meiner Tür. Das muss sie sein. Ich gehe zurück durch den schmalen Flur, werfe noch einmal einen Blick auf meine Vitrine und frage mich, was da eigentlich liegt, hinter dieser Scheibe, und was ich in diesen Ohren zu finden hoffte. Wieder und wieder frage ich mich das und nicht nur, wenn ich hier vorbeikomme, und obwohl ich schon länger mit dieser Arbeit aufgehört habe und keine Köpfe mehr auf meinem Tisch liegen, außer meinem eigenen und dem, was darin ist. Ich erinnere mich noch an den Moment, als dieser Gedanke eine klare Gestalt in mir gewann: Es ist mir nicht geglückt, habe ich gedacht und die Vitrine abgeschlossen, sie nicht mehr zu öffnen. Und ich habe es auch nicht mehr getan, und das Einzige, was ich erreicht habe, denke ich, ist, dass diese Innenohren nun in einer schönen, ruhigen Reihe nebeneinander liegen und man sie betrachten und denken und das auch erkennen kann: dass sie schön sind und sich in ihnen rein gar nichts hält, auch nicht die geheimste Losung.

Und manchmal, da höre ich sie nicht nur wispern oder rufen, da schauen sie mir nach, da spüre ich ihren Blick in meinem Rücken, als ginge ich vor ihnen her, um mich nur leerer Raum, und sie schauten mir nach. Und dann drehe ich mich nicht um nach ihnen, ich will ein solches Bild nicht abgeben: die Nasenflügel gebläht, den Mund leicht geöffnet, als wollte ich etwas sagen oder fragen, und wüsste selbst nicht, was, die Augenbrauen hochgezogen und Falten auf meiner Stirn und etwas wie Angst oder doch wenigstens Unruhe in meinem Blick, in den Augen, die, obwohl ich den Kopf nur leicht neige, so als lauschte ich, doch ganz nach außen gehen, beinahe hinter meinen eigenen Kopf schauen, die versuchen, etwas zu sehen, von dem mein restlicher Körper sagt, dass er das gar nicht sehen will und auch nicht wissen. Und das hat sich Robespierre sicher auch gedacht, dass er ein solches Bild lieber gar nicht abgeben würde, wie er es dann schließlich doch abgegeben hat. Wie er es abgegeben hat an eines anderen Hände: Dieser andere, der formte dieses Bild, das nicht eine Totenmaske ist, das das Bild eines ganz und gar lebendigen Menschen ist, der sich bewegen kann und atmen, und der ein bisschen dumm ausschaut in diesem Sich-Umschauen, ein Bild, das jetzt herumsteht in einem anderen Museum, in einem Museum, das nicht meines ist, und in dem ich noch nie war. Und von diesem Bild Robespierres, an das ich eben denken musste, von dieser Büste habe ich nur eine Postkarte hier bei mir, auf der ich ihn sehen kann, mit seiner gepuderten Frisur und der Schleife, die eng um seinen Hals gewickelt ist und hinaufreicht fast bis zu seinem Ohr, die auf der Höhe seiner Brust aus dem aufgeschlagenen Mantel quillt, aus einem Mantel, an dem kein Knopf fehlt. Und ein solches Bild will ich nicht abgeben, und deshalb drehe ich mich nicht mehr um nach ihnen und gehe weiter vor ihnen her. Ich brauche mich nicht umzublicken, ich erkenne die Stimmen, die mich schonungslos verspotten und beschimpfen. Wie sie auf mich einreden und lachen dabei, wie sie über mich lachen, wenn ich hier stehe. Doch jetzt höre ich sie nicht mehr, die Stimmen, denn ich höre etwas anderes, ich höre: wie es klopft an meiner Tür, nur das höre ich, und da will ich mich auch gar nicht mehr umdrehen, und auf keine Stimmen mehr will ich hören, ich will nicht mehr auf dem Boden herumkriechen und nach unten lauschen. Da will ich bloß immer weitergehen, geradeaus, auf diese Tür zu, von der das Klopfen kommt. Und das tue ich auch, ich setze einen Fuß vor den anderen und komme ihr immer näher. Es klopft, und ich gehe auf dieses Klopfen zu und auf die Tür, die zwar eine

Grenze ist, die mir aber dieses Klopfen ja überhaupt hörbar macht. Wäre nicht diese geschlossene Tür vor mir, es könnte auch niemand klopfen daran. Ich gehe immer weiter, fort von den anderen Stimmen. Jetzt stehe ich in der Tür zum Eingangsbereich, jetzt sehe ich die Vitrinen, mit allem, was darin ist, was mich empfängt, und mit dem, was dahinter liegt: dem Treppenaufgang. Und ich sehe die Muskelmänner, mit allen Zeichen und der Schrift, die sie mit mir verbindet, die sie an mich bindet, so fest, dass ich gar nicht mehr loskomme von ihnen. Und auch sie reden ja zu mir, und ich kann das hören, in der Nacht, wenn ich oben in meiner Kammer liege, höre ich das: ihr Reden und ihr Lachen und ihr Spotten über mich. Doch jetzt sind sie stumm, denn sie ist gekommen. Ich blicke auf die Tür, und unter mir, da ist eine hölzerne Schwelle, auf der stehe ich, und vor mir, da liegt der lange Weg, hin zu dieser Tür, über den schwarz und weiß gefliesten Boden, der, anders als die Dielen im Flur, aus dem ich komme, fest ist und sich nicht rührt und nicht nachgibt, wenn ich darübergehe, und auf den ich mich auch nicht legen wollte. Denn hier, in diesem Zwischenraum, in diesem Vorraum, ist alles kalt und stumm. Jetzt stehe ich vor der Tür, und ich muss mich festhalten daran, mit beiden Händen, und nun muss ich mich doch setzen. Ich muss mich hinsetzen auf diesen Boden, weil ich nicht mehr stehen kann, hier, und ich lasse mich heruntergleiten an der Tür, und das hört sie sicher auf der anderen Seite, diese Rutschen und wie meine Hände hier herüber schlappen und auf den Boden klatschen, und wie ich hinterherfalle, wie ich zusammensacke vor dieser Tür. Und jetzt lege ich mich sogar hin, auf den Rücken, lasse mich nach hinten fallen, mein Kopf schlägt auf dem Boden auf, das spüre ich, diesen kalten Schlag, wie er mich erwischt und mir doch nichts mehr anhaben kann: Es ist ja schon alles kaputt da drinnen. In diesem Kopf ist ja schon längst nichts mehr zu retten. Und dieses Gleiten und Rutschen, dieses Hinschlagen und Zusammenfallen, das lässt mich an den Emeritus denken, der ist ja auch so heruntergerutscht an der Vitrine und dann nach hinten umgefallen und hat dann hier gelegen. Nicht genau hier im Vorraum, das nicht, er lag ja im teratologischen Bereich, da ist er ja zusammengebrochen: im Anblick seiner Tat. Und ich denke jetzt, dass in diesem Sterben des Emeritus eine gewisse Konsequenz lag, dass ihm in diesem Moment ja gar nichts anderes übrig blieb als zu sterben und damit der einen Endgültigkeit eine andere hinzuzufügen. Und es wundert mich nicht, dass ich das ausgerechnet jetzt denke, wo ich selbst hier am Boden liege, mit diesem Körper, mit dem ich damals des Emeritus Speichel hinterher wischte. Es sitzt so ein zäher Schleim in meinem Mund, den würde ich gerne rausspucken. Er verstopft mir die Kehle. Den Blick halte ich zur Decke: hier ist alles weiß und leer. Das Klopfen hat aufgehört. Doch sie ist noch da: Ich habe sie nicht davongehen sehen durch die Scheiben der Vitrinen, und ich habe auch nichts gehört: keine Schritte, kein Stolpern oder Poltern. Sie steht also da, und auch ich bin hier. Ich überstrecke meinen Kopf, das ist mir angenehmer so, und ich schließe die Augen, verschließe meine Augen vor all dem Weißen, das jetzt über mir ist. Was ich alles sehe. Alles, was draußen ist, kann ich sehen: Bäume mit rauen, harzigen Stämmen, einer neben dem anderen, und noch einer und noch einer, ein zerrissenes Grün darüber, das bis zum Himmel reicht, Farne zwischen meinen Beinen, harte Gräser, ich sehe Wälder, durch die ich gehen kann, Unterholz, Gestrüpp, Schreie dazwischen und Getier, die glänzenden Augen eines Nachttiers. Das Huschen eines Körpers und das Kreischen der Vögel höre ich. Das Schleppen von Schritten. Ich sehe eine Hand, die nach meiner greift, und ich spüre, wie diese Hand meine kleinere umschließt, ich spüre die trockene Wärme dieser Hand, und ich spüre auch, wie sie mich hinter sich herzieht, mein Stolpern und Taumeln. Mein Straucheln. Ich höre eine Stimme in mir rauschen, ein Aufbegehren, das ich nicht verstehen kann und das schon immer dort sitzt. Doch die Hand lässt nicht nach. Ich sehe diese Hand, wie sie sich um ein glattes Laken krampft, und ich sehe, wie dieser Krampf sich nicht mehr löst, ich sehe, wie diese Hand ihre Farbe verändert, erst weiß wird, dann dunkel und fleckig, ich sehe den Himmel mit allem, was vorüberzieht, Vögel und Wolken, ich sehe Felder darunter, darüber ein endloses Weiß. Wie soll ich diese Tür öffnen? Wie soll ich dieser Weite davor standhalten, wie durch dieses Feld kommen, das jäh vor mir aufbricht? Es wächst ein Wald daraus, ich kann den Übergang von einem ins andere nicht ausmachen, und jetzt lasse ich den Kopf zur Seite fallen, und ich höre bloß dieses Rauschen in meinen Ohren: meinen eigenen Herzschlag. Keine Schritte, keine Stimmen, keinen Flügelschlag. Alles ist stumm. Wie soll ich diese Tür jemals öffnen?

Es pocht in meinen Ohren, davon wache ich auf. Ich liege auf dem Rücken im Eingangsbereich und starre auf die weiße Decke. Wie bin ich hierher gekommen? Ich muss ohnmächtig geworden sein. Ja, vielleicht habe ich etwas gehört und bin nach vorne gelaufen, schnell, vielleicht etwas zu schnell für meinen Zustand, und da kam dann der Kopf nicht mehr hinterher. Ja, so war es wohl. Ich richte mich auf und hefte meinen Blick an die Muskelmänner. Sie sollen mir helfen dabei. Doch sie bleiben stumm. Ich ziehe mich mühsam hoch. Ich stehe auf, es geht ganz gut, und gehe in den Flur. Von hier muss ich ja gekommen sein. Ich gehe an meinem Riesen vorbei, fast drei Meter ist er hoch, sein Schädel ist erhalten und zeigt im Bereich der mittleren Schädelgrube Knochenveränderungen, die auf einen, den Riesenwuchs des Mannes vermutlich ausgelöst habenden Hypophysentumor schließen lassen, das weiß ich schon immer, und das sagte ich auch, früher, als ich die Leute noch hier durchführte, dass es eine völlig natürliche Erklärung für die Riesenhaftigkeit dieses Mannes gebe, und dass man das aber erst heute, mit den heutigen wissenschaftlichen Möglichkeiten wissen könne, und dass man früher, als der lange Anton, wie man ihn nannte, lebte und wuchs, in der Mitte des 17. Jahrhunderts, dass man das damals natürlich noch nicht habe wissen und ihn daher auch nicht habe behandeln können, und dass er es deshalb sicher nicht leicht gehabt habe, der lange Anton, dass die Leute wohl Angst vor ihm hatten. Oder sie haben ihn ausgelacht, denke ich, und jetzt denke ich manchmal auch, dass es mir lieber wäre, der lange Anton wäre nicht aus dem 17. Jahrhundert und auch nicht mit dem Hypophysentumor zu mir gekommen, sondern aus einer ganz anderen Zeit, einer unnennbaren, einer Zeit, in der die Menschen nicht zum Riesen wurden, weil etwas in ihrem Kopf wuchs, was da nicht hingehörte, sondern weil ein Fluch sie getroffen hatte, ein Zauber, weil sie ein Orakel falsch gedeutet hatten und sie nun dazu verdammt waren, an allem bloß vorüberzugehen, mit langen, ruhigen Schritten. Und ich denke auch, dass es im Effekt gar keinen Unterschied macht, ob einer wegen eines bösartigen Tumors oder eines Zauberspruchs zum Riesen wird, dass er so oder so an den Dingen vorbeigeht, sich alles zwischen ihm und den Dingen verändert und er plötzlich auftaucht aus dem Dickicht, und er vor einem steht wie ein Hirsch, so riesenhaft. Ein königliches Bild. Und er ist ja wirklich da, dieser Hirsch, er hängt hier vor mir an der Wand, gegenüber vom langen Anton hängt es, dieses Bild eines Hirschen. Ich habe es auf dem Speicher gefunden und habe es selbst hier herunter gebracht und habe einen Nagel in die Wand geschlagen und es dort aufgehängt, und nun schaut der Hirsch den Riesen an, und der Riese schaut den Hirschen an, und ich kann die beiden schauen sehen und zwischen ihnen hin und her gehen und kann ihre Blicke auf mir wissen. Und es ist ein tröstlicher Gedanke, dass diese Blicke auch ohne mich noch hier sein werden, und dass sie, auch ohne dass ich zwischen ihnen hin und her gehe, noch hier sein werden, dass sie schon da waren, bevor ich kam, und dass sie mich nicht brauchen in ihrem Dasein. Dass ich sie einfach hier lassen kann, und auch die anderen Dinge können hier bleiben, und sie brauchen niemanden mehr, der nach ihnen schaut und sich um sie kümmert. Und ich gehe weiter durch den Flur, und ich komme vorbei an den Abgüssen oder Nachformungen der weiblichen Geschlechtsteile, die dort an der Wand hängen, die einer meiner Vorgänger in einem Bilderrahmen hier an die Wand gehängt hat. Sie hängen gar nicht so weit entfernt von dem Riesen und dem Hirschen, eine Armlänge liegt dazwischen, kaum ein Schritt. Ich bleibe stehen vor ihnen und schaue sie mir an, in ihre schmale Tiefe schaue ich hinein, und ich halte meine Hände davor, wölbe sie darüber. Wie ein Dach. Und diese kleinen Formen neben diesen großen anderen, die verursachen eine gewisse Unruhe in mir, denn diese Formen, denke ich, die da vor mir an der Wand hängen, die sind ja nicht nur ein Bild, so wie das Bild des Hirschen, und sie sind auch nicht ein Körper, sie sind nicht einmal der Rest eines Körpers, eingespannt in eine Haut aus Glas, sondern sie sind ein Ort, an dem einmal jemand war. An dem jemand war und gelebt hat. Denn dieses Scheidenbild, das ist ja ein Abguss, das ist der Abguss eines Abdrucks, das kann man deutlich sehen an der feinen Naht, die in seiner Mitte verläuft, und also gab es auch eine Hohlform und es gab einen Körper, der diese Form geprägt hat, und an diesen Körper muss ich denken. Und wenn ich nun wüsste, hier hat sich eine echte Scheide in diese einst weiche Masse gedrückt, hier hat einmal eine Frau gesessen mit all ihrem Gewicht, hat dort gehockt, über dieser weichen Masse und etwas geöffnet, in das ich jetzt hineinschauen kann. Oder es ist eine Hand gekommen mit dem warmen Wachs zwischen den Fingern und auf den Kuppen und hat diese winzige Höhlung ganz ausgelegt damit, und die Frau hat sich weit nach hinten gebeugt und hat ihre Beine geöffnet, damit diese andere Hand den noch flüssigen Gips in sie gießen konnte, und wenn ich das wüsste, dass es so gewesen ist, dann würde ich auch meine Hand mal dazulegen, dann würde ich im Vorbeigehen meinen Handrücken gegen diese kleine Sache lehnen, oder auch mal die Stirn, denn dann könnte ich ja mit einer solchen Geste hineinreichen in Zeiten, die vor mir lagen, und ich könnte an Orte gelangen, an denen ich niemals war, und ich könnte Dinge sehen, von denen ich noch nichts oder nichts mehr weiß. Denn es gibt ja im Innern des Menschen ein Bild, von dem er selber nichts weiß, vor dem er steht wie vor einer aufklaffenden Grenze, einem zerrütteten Ort. Und manchmal, da fragte also tatsächlich jemand, und dann sagte ich, dass dies die Scheide sei von der Schönen Beischläferin aus der Systematik, und dass jener Medizinstudent den Abdruck genommen hätte, zu wissenschaftlichen Zwecken, denn einen Blick zu nehmen, hinein in das Weibliche oder in das, was sie sich als das Weibliche vorstellten, was sie als Bild in diesem Körper vermuteten und was sie als ein solches Bild aus dem Inneren des weiblichen Körpers dann heraus in die Welt bringen wollten, dieser Blick also, hinein in das vorgestellte Weibliche, der habe die Anatomen immer besonders interessiert, das ziehe sich durch die gesamte Geschichte der Anatomie, und das sei ja auch völlig offensichtlich, diese Affinität des anatomischen Blicks zum Weiblichen, aber dass da natürlich auch Gefühl im Spiel gewesen sei, sagte ich, und das könne man ja gar nicht ausschalten, das könne sich jeder leicht vorstellen, so ein Vorgang sei ja höchst intim, und da sei sicher die eine oder andere Erinnerung hochgekommen im Medizinstudenten, und seine Hand habe bestimmt ein paar mal gezittert oder gezuckt, als er dieses schon ganz kalte Innere mit dem Wachs auslegte, das er sicher immer wieder habe kneten und wärmen müssen, und in ihm hat es wohl auch gezittert und gezuckt vor dem Wissen, was da ist, in dieser Frau, und dann sagte ich, dass dieser Abdruck, dieser Gestalt gewordene Blick daher nichts in den nach streng wissenschaftlichen Gesichtspunkten geordneten Räumen zu suchen habe, und deshalb hier im Flur neben dem Hirschbild hinge. Das sagte ich dann.

Jetzt stehe ich hier, mitten im Flur. Jetzt bin ich drüben, im teratologischen Bereich. Ich hocke am Boden, vor der Vitrine, den Blick auf die siamesischen Zwillinge gerichtet. Auf all meine Kinder. Ich lehne am Fenster, die Stirn gegen die Scheibe, und denke, dass ich selbst eine solche Scheibe bin und doch lieber der Stein wäre, der sie einwürfe. Ich sitze am Tisch im meinem kleinen Zimmer und lege den Stift beiseite. Denke, dass ich gerade lange genug gelebt habe.

Und wenn tatsächlich ein solcher Sommer wäre, zu heiß zum Arbeiten, ein Sommer, in dem man dann irgendwann Papier und Stift nicht zur Seite fegt, sondern einfach mit einer einzigen großen, mit einer matten Bewegung nach links und rechts schiebt, sich einen Platz dazwischen schafft, auf den man dann seinen Kopf legen kann, die Stirn voran, und ihn dann noch zwei, drei Mal hin und her fallen lässt, den Kopf, ohne dass es einem wehtut, bevor man einsieht, dass man eine angemessene Lage nicht finden wird, weil es diese nicht gibt, und dann also sich mit der unbequemen Lage bescheidet und auch nicht mehr versucht, nicht zu schwitzen, sondern einfach alles fahren lässt und schwitzt und vielleicht sogar noch einmal kurz aufsteht, auf der Stelle geht oder sogar rennt, ein paar Kniebeugen macht, den Rollladen wieder ein bisschen hinaufzieht, weil man es einfach nicht glaubt, so sehr schwitzen zu können, und sich dann nackt auszieht und wieder hinsetzt an den Tisch und den Kopf wieder auf die Platte fallen lässt und sich nach nichts sehnt, nicht einmal nach der Untendrunterwohnerin und nach keiner kühlen Hand. Nach überhaupt keiner Hand.

Das wird den Leuten mit meinen Abdrücken einmal nicht so gehen, dass sie nicht wissen und auch nicht wissen können, was das ist, ob da tatsächlich mal einer drin steckte. Sobald sie trocken sind, werden sie beschriftet: meine rechte Hand, meine linke Hand, mein Geschlecht. Das Datum der Anfertigung (nicht dasjenige der Archivierung), meine Unterschrift. Vor allem das: die Unterschrift, nicht nur mein Name. Damit da kein Zweifel aufkommen kann, wenn man sie findet, eines Tages, oben, auf dem Trockenboden, zwischen den Papieren, den Atlanten, dem ganzen herrenlosen Kram, vielleicht auch zwischen meiner Wäsche, den Hemden, denn vielleicht werde ich nicht mehr dazu gekommen sein, sie ein nächstes Mal abzuhängen. Vielleicht wird die Untendrunterwohnerin sie finden, sie wird zwischen meine Wäsche getreten sein und dort stehen, einen Hemdsärmel noch auf ihrer Schulter, und die Sonne wird durch das Dachfenster auf ihre kleinen Locken scheinen, und Stäubchen werden wirbeln, vielleicht ein paar Schüppchen von mir, die letzten, sie wird dort stehen mitten im Licht, während sie meine rechte Hand, meine linke Hand, meinen ganzen Körper am Boden liegen sehen und dann aufheben wird. Und so wird sie alles finden: meine Arme und die Beine auch, meinen Hintern, den Bauch und selbst den Rücken, die Schultern, den Hals, meinen Hinterkopf, die Schädeldecke, alles wird da sein und wird auf sie gewartet haben. Sie wird es nebeneinander legen, so wie es sein soll, und wird sich eine Höhle einrichten darin, und sie wird sofort wissen, was wohin gehört und was fehlt und was sie zu tun hat. Sie wird hinuntergehen in die Besenkammer hinter der Toilette und wird das Päckchen finden mit dem Wachs, die Tüte Gips daneben. Dann wird sie dorthin gehen, wo sie mich gefunden hat und wo ich noch immer liege, und wird sich neben mich knien und sich noch mal die Hände an ihrem Rock abwischen. Dann wird sie sich über mich beugen und wird mir die Augenlider schließen und mit zwei festen Zügen mein Gesicht richten. Sie wird das Wachs auf meinem Gesicht verteilen, wird mein Gesicht einreiben damit, auf die Wangen wird sie es tun und auf die Stirn, und sie wird auch die Ohren nicht aussparen, überall wird ihre Hand hinreichen, und danach wird sie den Gips darauf gießen. Und sie wird es ja wissen: dass es mir gar nicht mehr wehtun kann, dass nichts mehr mir wehtun kann, und so auch nicht der Ruck, mit dem sie später die hohle

Maske von meinem Gesicht und auch von den Haaren losreißen wird. Und was fände sie, risse sie auch noch die Haut darunter von meinem Schädel los und zerschlüge sie auch den Schädel: eine knöcherne Schale. Sonst bleibt nichts: keine weiche Masse, kein harter Kern, kein Gewächs.

Und während die Maske trocknet, wird sie in mein Zimmer gehen, wenn ich da nicht sowieso schon liege, was ich nicht glaube: dass ich im Bett sterben werde, ich werde im Gehen oder im Stehen wenigstens sterben, unten, im Museum vor einer der Vitrinen werde ich liegen, das Gesicht verzerrt. Denn wahrscheinlich werde ich den Schmerz nicht mehr ertragen haben und werde aufgestanden sein aus meinem Bett und hinuntergegangen, und durch alle Räume werde ich gegangen sein, und alle Schränke werde ich geöffnet haben, und alles werde ich aus ihnen herausgeholt und dann herübergetragen haben in den systematischen Raum, zu meiner Schönen Beischläferin, und ich werde alle Gläser vor ihr auf den Boden gestellt und die Fenster geöffnet haben und die Tür, und dann werde ich mich zwischen alle Dinge gelegt haben, zu Füßen meiner Schönen Beischläferin werde ich gelegen haben und dann gestorben sein. Und meine Untendrunterwohnerin wird mich gefunden haben, sie wird neben mir niedergekniet sein und wird gleich gesehen haben, dass ich tot bin, und dann wird sie ihre Hände auf mein Gesicht gelegt haben. So wird es gewesen sein, und meine Untendrunterwohnerin wird trotzdem die Treppe hinaufgehen und auf der Schwelle stehen bleiben, vielleicht wird sie ihre Hand zum Klopfen heben und wieder sinken lassen, und dann wird sie eintreten und sich vor meinen Tisch stellen, und sie wird den Stuhl an seiner Lehne fassen und ihn zu sich ziehen. Dann wird sie sich darauf setzen, mit den Händen links und rechts unter die Sitzfläche greifen und dabei an meine Hände denken, die meiner Leiche, bei der sie eben noch war, und an die aus Gips, die sie gerade noch in ihren Händen hielt. Auch an die wird sie denken, die diese Hände formten und die es einmal wirklich gab und die immer diesen Stuhl auf genau diese Art an den Tisch gezogen haben, und auch sie wird ihn nach vorne, zum Tisch hin rucken und wird ihren Bauch gegen die Tischkante pressen, damit sie ihr Atmen spürt. Dann wird sie ganz gerade sitzen, die Tür im Rücken und auch mich, wird einen letzten Blick zum Fenster hinauf werfen und dann eine Hand ausstrecken und einen Stoß mit Papieren zu sich ziehen.

Und sie wird an der richtigen Stelle zu lesen beginnen. Sie wird das obere Blatt nehmen: Er sitzt an dem kleinen Tisch unter dem Dachfenster. Er hat den Korb mit der Wäsche neben sich auf die Dielen gestellt. Er sitzt gerade, mit dem Rücken zur Tür. Er schaut sich um. Drüben der Trockenboden. Hier sein Zimmer: darin ein Bett (schmal), eine Kommode, ein Stuhl, ein Tisch, darüber: das Dachfenster, darauf: Papiere, Zeichnungen, seine Aufzeichnungen über das Innenohr, den Menschen. Was er alles aufschreibt. (Alles.)

Denn das ist es, was ich will: einen genauen Bericht über selbst beobachtete Phänomene liefern. Und wenn sie das gelesen hat, dann wird sie noch anderes lesen, auf anderen Papieren und in den Büchern, den Anfang meiner Studie vielleicht, die Einleitung, über die diese nie hinausgekommen ist, vor der ich immer bloß saß, jeden Tag, sie aufnahm und durchlas und nicht weiterschrieb, weil ich gemerkt hatte: Es stimmt gar nicht, es entwickelt sich nichts von selbst und auch nichts aus dem anderen, und sogar die zusammenhängenden Strecken erscheinen nur als solche, unter einem einzigen Blickwinkel, den ich schon länger verloren habe. Und wenn ich zwei Dinge nebeneinander lege, dann sind das noch immer zwei Dinge, und da findet sich nichts, was sie vergleichbar macht. Und es ist ja der Verlust, der sie zusammenhält und der auch mich hält, in diesen Räumen, bei den Dingen und Bildern, die ich vor mir hertrage wie einen Schild, die ich um mich herum gruppiere wie eine Rüstung, in die ich mich werfen kann. Und wenn das Hirschbild hier im Flur neben dem Scheidenbild hängt, dann ist auch da nichts dazwischen als eine Kluft, in die ich meine leeren Hände stecken kann, in der ich herumgehen kann, in die ich mich kauern kann wie in einen Graben und dort auf einen anderen Blick warten. Und sähe sie mich dann, wie ich hier hocke, zwischen den Dingen, und würde sie mich betrachten, dann müsste sie wohl sagen: Was kann er also wahrnehmen als ein äußerliches Bild von der Mitte der Dinge? Es liegt eine Kluft zwischen diesen Bildern, in der ich leben konnte, doch jetzt ich gehe durch sie hindurch, durch diese Kluft, durch diese Spaltung meines Blicks: Was mich anschaut, ist eine Leere, die mich betrifft und aus der alles hier gemacht ist, denn alles, was ich hier um mich habe, ist ja vom Verlust getragen, und was ich hier sehen kann, ist mein eigenes Schicksal. Und alles, was ich dem entgegenzustellen hatte, habe ich hier um mich. Und ich bin hier zwischen diesen Dingen, und vor mir sehe ich, worauf mein Leben hinausgelaufen sein wird: Und ich muss nicht mehr viel sagen jetzt und auch nichts denken, denn alles, was mich trägt und schützt, habe ich hier um mich, und ich gehe da hindurch, irgendwie. Und selbst wenn ich sie vergleichen könnte und die Dinge sich ordneten unter meinem Blick, was könnte ich von ihnen wissen und was gewönne ich durch ein solches Wissen? Und bei den Innenohren ist das ja ganz genauso, da hat das eine mit dem anderen nichts gemein. Nur manchmal, da wusste ich nicht mehr: Habe ich nun den Kopf eines Hasen oder den einer Ente vor mir liegen, und dann war es nicht einmal mehr eine Frage der Perspektive: Dann lagen sie irgendwie beide da, gleichzeitig in einem Kopf: meinem. Nur die Totenmasken, die sehen sich zum Verwechseln ähnlich, und es macht keinen Unterschied, ob ich den Robespierre anschaue oder die Fotografie der Totenmaske meiner Unbekannten aus der Seine. Ob ich an mein eigenes Gesicht unter der Glasplatte denke. Doch es ist nicht nur mein Blick, der aufbrach und mir wegrutschte, es sind auch die Worte: Was also kann ich sagen, über das Bild dieser immer wieder und immer nur rosafleischigen Wege, vor denen mein Auge alles Wissen verlor? Daher wird die Untendrunterwohnerin in meinen Papieren die schon längst verworfene Einleitung zu meinem unvollendet abgebrochenen Lebenswerk lesen können, abgebrochen, weil ein unvorhergesehner Tod dazwischengekommen ist. Sie wird lesen: In einem ungeheuren, durch den Fleiß von Jahrhunderten zusammengeschleppten Material, das kaum unter die Ordnung eines Katalogs gebracht war, bildeten sich einfache, natürliche Gruppen; ein Gewirr seltsamer Formen unter den abenteuerlichsten Namen löste sich im schönsten Ebenmaß auf; eine Masse Dinge, die sonst nur als getrennte, weit auseinanderliegende Facta das Gedächtnis beschwerten, rückten zusammen, entwickelten sich auseinander oder stellten sich in Gegensätzen gegenüber. Hat man auch nichts Ganzes erreicht, so kamen doch zusammenhängende Strecken zum Vorschein. Und ganz ohne mein Zutun hat sich da etwas gesammelt und dort auf mich gewartet, und als ich kam, glaubte ich, bloß noch die Hände danach ausstrecken zu müssen und danach zu greifen, und dass ich es dann fühlen könnte und halten. Dass es dann meins wäre.

Das alles wird sie lesen. Nur eines wird sie nicht wissen können: Was ich jetzt denke, da ich den Stift schon lange beiseite und die Hände ruhig in den Schoß gelegt habe, und noch eines: was ich dachte, als ich einmal, es ist noch gar nicht so lange her, neben meiner Schönen Beischläferin stand, an der Hand sie: die Untendrunterwohnerin.

CHRISTINE PITZKE
Im Hotel der kleinen Bilder

Roman, 160 Seiten, 978-3-99027-035-6

Es ist die durchaus erträgliche Leichtigkeit des Seins: Ein Hotel im südfranzösischen La Ciotat, die Sonne, das Meer und ein paar Gäste, die die Tage wie im Traum zubringen. Christine Pitzkes neuer Roman »Im Hotel der kleinen Bilder« ist ihr bisher leichtester und atmosphärischster. Er fängt einen Sommer der Freuden ein, in dem das Leben ein einziges großes Kaleidoskop ist.

NELLJA VEREMEJ
Berlin liegt im Osten

Roman, 352 Seiten, 978-3-99027-031-8

Aus einem kaukasischen Städtchen über Leningrad bis nach Berlin führt das grandioses Debüt von Nellja Veremej. Im Roman. »Berlin liegt im Osten« wird von Provinzkindheiten in der ehemaligen Sowjetunion ebenso farbig erzählt wie von den deutschen Enklaven russischer Migranten rund um den Berliner Alexanderplatz. Nellja Veremejs lebenspralles Buch lebt von der zarten Zuneigung der Autorin zu ihren Figuren, der Roman entwirft ein großes Panorama aus Geschichten und Geschichte, und er handelt vom Anfang alles Erzählens: von der Erinnerung.